# 僕の嫁の、物騒な嫁入り事情と大魔獣

かっぱ同盟
Kappa-Doumei

主な登場人物
マルゴット・プロロフィーナ
風を司る大魔獣。
正体は巨大な白狼。
サンドリア・レカクーダ
砂と水を司る大魔獣。
正体は青い牡鹿。
ベルルロット・グラシス
三匹の大魔獣を従える、
旧魔王の娘。地下牢に
閉じ込められていたため、
無垢で世間知らず。
リノフリード・グラシス
冴えない没落貴族の主人公。
王からの命《めい》を受け、
ベルルを嫁に迎える。

オリヴィア・レッドバルト
リノの同僚。しっかり者で
夫のジェラルに厳しい。
ジェラル・レッドバルト
リノの友人。ポジティブで
お人好し、加えて愛妻家。
レーン・バロナーム
わずか十四歳にして国家
庭師免許を持つ天才少年。
サフラナ
グラシス家に長く仕える、
侍女のお婆さん。
セーラ
グラシス家と長い付き合いが
ある町医者の娘。

# 1　魔王の娘

これはリーズオリア王国王宮魔術師であるこの僕、リノフリード・グラシスが、国王の指示により妻に迎えた訳あり娘と送る、数奇な人生の物語。

僕の妻、ベルルロット・グラシスは、十二年前に打ち倒された東の最果ての〝旧魔王〟の娘であった。

なぜ僕がこの訳ありの娘を嫁に貰わねばならなかったかと言うと、それは単純に国王から命令された為である。

没落の一途を辿《たど》るグラシス家に嫁入りしたいと言う女性なんて居ないだろうと、半《なか》ば結婚を諦《あきら》めていた僕は、その命令に素直に従った。これが僕の運命なのだと。

王宮は彼女を娶《めと》ることを条件に、グラシス家に様々な援助を用意してくれた。

しかしどうして国王は、この僕に命じられたのか。その理由を知るのは、僕が彼女と結婚してから随分後のことになる。

ただ一つ言えるのは、僕にとってベルルは、ただ一人のかけがえのない妻であったということだ。

◆◆◆

「グラシスの旦那《だんな》様、こちらでございます」

白髪《しらが》で腰の曲がった、胡散臭《うさんくさ》い年寄りの看守に連れられ、僕は王宮の地下牢にやってきた。

ひんやりとしていて、非常に涼しい。残暑とはいえまだまだ暑い地上の熱気が、嘘のようだ。

こんな所に牢があるなんて知らなかった。しかもここに一人の女性が十二年もの間、閉じ込められてきたらしい。

「ベルル様、昨日お話しした、旦那様ですよ。ベルル様はこの方の妻となるのです」

老人は錆《さ》び付いた牢屋の奥に広がる暗闇に向かって、言葉を投げかけた。

すると鎖の音がチャリチャリと軽快に鳴って、人影がこちらに駆けてくる。

だんだんと近づくその音に緊張し、思わず僕は息を呑んだ。

「まあ、その人が私の旦那様なの？　私、ここから出られるのね!!」

なんて可愛らしい声だろう。

しかし現れたその娘は、服は汚れてボロボロ、真っ黒の髪は伸びに伸びて顔にまでかかり、表情がよく見えないという、非常にみすぼらしい姿だった。

これが、かつて〝世界の節目《ふしめ》〟と呼ばれる東の最果てを治めた旧魔王の娘だというのか。

「あなた、お名前は？」

「……リノフリード・グラシスだ」

名乗る以外に気の利《き》いた言葉が出てこない僕。

つまらない男だと、何度王宮の女性たちに噂されたか分からない。

しかしそう簡単に、人間愉快《ゆかい》になれるものか。

娘の口元は、何となく笑って見えた。長い髪のせいで、定かではないが。

よくよく見ると、両足が鎖で繋がれている。牢屋なのにここまでするのかと、僕は彼女を哀《あわ》れに思った。

「老人、そろそろ牢屋を開《あ》け、彼女の足の鎖を外してやってくれないか。これでは家に連れて帰ることが出来ないだろう」

「……ひひひ、旦那様……驚いて腰を抜かすかもしれませんけどね」

「……？」

老人は意味不明なことを言う。

ベルルと言う少女は「早く早く!!」と老人を急《せ》かしながら、牢屋の鉄格子《てつごうし》を握って飛び跳ねていた。無邪気《むじゃき》にピョンピョンと跳ねる姿はいかにも幼い少女のようで、少し心配になる。もう十六歳と聞いていたのだが。

娘が飛び跳ねる度に、鎖のチャリチャリという高い音が地下牢に響く。

鉄格子が開けられ、僕と老人はその牢屋の中へ入った。古い鉄が軋《きし》む音の、何て耳障《みみざわ》りなこと。

「旦那様が鎖を外されますか？」

「……あ、ああ」

老人は僕に、金色の鍵を渡した。素直に受け取ってしゃがみ込むと、彼女の足をそっと取る。

とても細い足首にはしっかりと鎖の留め金が固定されており、青い痣《あざ》が出来ていて驚いた。

「早く外してちょうだいっ」

彼女が急かす。僕はちらりと彼女を見て、すぐに鍵を鍵穴に差し込み、回す。

「……!?」

その瞬間、とてつもない悪寒《おかん》が背筋《せすじ》を走った。

何かに見られている気配が、上からも下からも感じられる気がする。黒い大きな影のような、得《え》体《たい》の知れない不可視の存在。

まるで、獣の気配のような……

「何だ……これは……」

「ひひひ、旦那様……ベルル様は旧魔王の娘ですよ。十二年前、我が国家の勇者に討ち取られし旧魔王は、死ぬ間際、一人娘に三匹の大魔獣《だいまじゅう》の契約を移したと言います……ひひひ、物騒《ぶっそう》な嫁入り道具と言うか何と言うか……嫁入り大魔獣？　ひひひ……」

「……え？」

聞いてないんですけどそんなこと。

こんな爆弾を抱えた娘を僕に嫁《とつ》がせるとは、国王の気は確かか。

どこからともなく、とても邪悪な視線を感じる。東の最果ての魔王は十四の大魔獣と契約していたと聞いたことがあるが、そのうちの三匹のものだろうか。

いやはや、謎だらけの花嫁だ。

「もう、ダメよみんな。この人は私の旦那様になる人なの。大人しくしていなさい！」

ベルルという少女は、闇の濃い方へ声をかけた。僕には見えない何かに話しかけている。

すると、僕に向けられていた邪悪な視線が、スッと消えてしまった。

「ふふふ、みんないい子なのよ」

「……」

ベルルは固まってしまった僕にそう言った。

とはいえ、大魔獣が三匹もこの娘に従っているとは。やはりこう見えても魔王の娘ということか。

分かっている。

訳ありなのは、分かっていたはずだ。

国王の密命である時点で、それは覚悟していたはずだ。

それでも僕はこの娘を娶《めと》ると、国王に申し出たのだ。今更引き返せない。

王宮の地下を出た後、裏門にこっそり用意された馬車に彼女を乗せ、僕らはグラシス家の館《やかた》へ向かった。

グラシス家の館は、王都から少し外れた丘の上にある。昔は沢山の人が住んでいたが、今は僕と使用人の老夫婦と庭師しか居ない。僕の父と母は数年前、とある事故で亡くなった。それがグラシス家の没落の大きなきっかけとなったのだ。

「わあぁ、あれが私の住むお屋敷なの？　旦那様」

ベルルが馬車から身を乗り出し、丘の上の大きな屋敷を指さしている。長い髪が僕の足下まで流れてきて、踏んでしまいそうになるので気が気でない。

「君……席に座りなさい。危ないぞ」

僕が淡々と注意すると、彼女はコクンと頷いて、向かいの席に座った。

そしてどこかムッとしたように、「違うわ」と言う。

「ベルルロットよ、旦那様。私の名前」

「……」

「ベルルと呼んでちょうだい」

「……え」

「ねえ旦那様、名前で呼んで……？」

「……わ、分かった……ベルル」

驚いた。彼女からこのような要求があるとは思わなかった。

しかしきっかけを与えられると今後彼女の名を呼びやすくなるので、こちらとしてはありがたい。

「ベルル、館に戻ったらまず身の回りを整えよう。髪もそう長くては、色々と不都合だろう」

「……そうなの？」

「服もそんなみすぼらしいものは嫌だろう。我が家にサフラナという侍女《じじょ》が居る。彼女に世話をしてもらうといい」

彼女は自分のボロボロの服を摘《つま》んで、首を傾げた。

地下牢での生活が長過ぎて、そういう感覚が麻痺《まひ》しているのか。

僕は小さくため息をついた。

この訳ありで、世間知らずの、小さくて細くてみすぼらしい娘が、僕の妻となるのだ。

これからが大変だぞ、と。

◆◆◆

今日この日、グラシス家の館に、僕の花嫁がやってきた。

「まあまあよくぞおいでくださいました、奥様。私はグラシス家の侍女をしておりますサフラナと申します」

館に着くや否や、侍女のサフラナが待っていましたとばかりに、瞳をキラキラさせて現れた。

彼女は僕の父の代からグラシス家に仕えてくれている、いわゆる〝ばあや〟だった。

父と母が事故で死んでからも、ずっと僕の面倒を見てくれた人だ。僕は家族だと思っている。

本当に有能な侍女なのに、こんな没落の一途を辿る一族にずっと留まってくれている。

彼女にはベルルが旧魔王の娘だと聞かせていたが、それが何かと言わんばかりにベルルを歓迎している。ベルルのちょっと普通じゃない風貌を見ても、笑顔を崩すことはなかった。

まあ、もともとパワフルなばあさんだけど。

「さあさ奥様、こちらへどうぞ。王宮の地下に閉じ込められていたとは、なんて可哀想《かわいそう》なことでしょう。さ、お湯を浴びて、服を着替えましょう。髪も整えましょう」

「……あなたはサフラナと言うの？　私、奥様なの？」

「そうですよ。グラシス家は今、リノ坊ちゃんが当主ですから、ベルル様は奥様になるのです」

「……奥様……」

彼女は不安げに僕の方を見上げていた。髪に隠れて瞳は全く見えないが、多分。

僕が「大丈夫だ、彼女の言う通りにしろ」と言うと、彼女はコクンと頷いて、サフラナの方へてくてく小さな歩幅で進んだ。

今まで重い鎖で繋がれていたので、大きな歩幅で歩けないのかもしれない。彼女の歩く姿を見て何となくそう思った。

サフラナは嬉しそうにベルルを連れて、居間を出て行く。まあ彼女に任せておけば、大丈夫だろう。

僕は初めてのことばかりで緊張していたのもあり、少し疲れていた。

広くて静かなグラシス家の屋敷の居間で、一息つく。

あのような魔獣を従える魔王の娘が、僕の妻になるとは思ってもみなかった。

しかし、世の中何があるのかなんて全く分からないのだから、逆に考えれば、こういうことも〝あり〟なのかもしれない。

「坊ちゃん、リノ坊ちゃん……旦那様!! 起きてくださいな、こんな所で寝てしまってて っ!! 本当に、子供の時からちっとも変わらない……」

サフラナがガミガミ言う声で、僕は目を覚ました。ここで寝ていると、いつも彼女に怒られる。

一時ぼんやりしていたが、徐々に視界が鮮明になって、そして……

「……」

目を閉じることが出来ない。

目の前には見知らぬ美少女が居た。

「……誰だ」

黒く長い、整えられた巻き毛。白い肌。ほんのり紅をさした唇。それに宝石のように美しい青い瞳。

僕の母のものだった地味な色のドレスを着ているが、その美しさは少しも減じてはいない。

信じられないが、これがベルルだというのか。

少し痩せているのでドレスが大きく見えるものの、とても上品で先ほどとはまるで別人のようだ。

「当然です坊ちゃん。旧魔王は見目麗《みめうるわ》しい美男子だと言われていましたし、その寵愛《ちょうあい》を受けていた奥方も絶世《ぜっせい》の美女であったと聞いたことがありますもの」

サフラナは自分のことのように自慢げだ。

ベルルは大きな瞳でパチパチと二度程瞬きして、ニコリと口元に弧を描いた。

「……どう、旦那様？」

僕に顔を近づけ微笑むその少女に慌ててしまって、僕は思わず立ち上がる。

ここ最近は凡《およ》そ美女と関わることもなかったし、しかも魔王の娘という恐ろしい身の上や、あのみすぼらしい姿からのこのギャップだ。〝眼鏡を取ると美少女〟以上にびっくり。これは卑怯だ。

そう言っても許される。

「ああ……よ、よく……出来ている」

何を言っているんだ僕は。もっと気の利いた褒《ほ》め言葉は出てこなかったのか。

サフラナの、とても残念そうなジトッとした表情が視界に入る。

しかしベルルは、なぜか喜んだ。

「うふふ、やったわ。旦那様に褒められたわ」

くるりと回ってドレスを揺らし、無邪気に笑っている。

このように美しい少女だとは思わなかった。どんな容姿でも、彼女を迎えることに変わりはないと覚悟していたが、これは予想していなかった。

「しかし坊ちゃん、大奥様の服では、やはり少し大きいようです。私が仕立て直してもよいのですが」

「い、いや……王宮から少し援助が出ている。明日……ベルルに必要な物を買いに行こう。服や靴を、一式」

「まあ、それがよろしいでしょう。坊ちゃん、明日はお休みなのでしょう？」

「あ、ああ」

僕はゴホンと咳払《せきばら》いをすると、ベルルの前にちゃんと立って、彼女の顔をしっかりと見た。

やはり若く美しく、どこかあどけない。

「ベルル、明日王都へ出て、必要な物を揃えよう。欲しい物があったら言ってくれ」

「……？」

彼女は首を傾げた。そして、口に手を当てクスクスと笑う。

「欲しい物なんて、特にないわ。だって、あの地下の牢屋から出られたんですもの」

「……」

「私、ずっとお祈りしていたの。いつか、誰かが私を、ここから出してくれますようにって」

僕は彼女の笑顔に、何とも複雑な気分になった。

ただ王に命じられ、我がグラシス家の再興の足がかりになるかもしれないという下心を抱きつつ、彼女を妻に迎えただけの話だ。

ドレスに隠れてしまったが、足首にはまだ鎖の留め金で出来た痣《あざ》があるのだろう。

考えてみれば、父と母を殺され幼いうちから鎖につながれ、あんな暗い場所に閉じ込められていただなんて、本当に哀れな娘だ。ただ、魔王の娘であったというだけで。

それなのに、こんなに明るく振る舞えるのは何でだろう。

ここ最近女性に興味を持てないでいる枯れきった僕だが、妻に迎えたベルルのことは嫌でも気になる。沢山の事情や因果因縁を、細い体中にくくりつけた娘なのだ。

湧き出てくる興味は、魔法の研究中にふと何かを発見した時の心境に近い。

「グラシスの館へ……ようこそ、ベルル」

一度口をぎゅっとつぐんだ後、僕は頑張って、少しだけ微笑んでそう言った。

すると彼女は大きな瞳を、もっと大きく見開いて、とても嬉しそうにコクンと頷いたのだ。

お互いに、少しずつ知っていく何かがきっとあるんだろう。

そう思った。

◆◆◆

眠れない。

隣で、今日初めて出会った少女がすやすや寝ているのだから。

眠れる訳がない。

そりゃあ夫婦というのは同じ部屋で、同じベッドで寝るものなのかもしれないが。

「……」

僕には学生時代、婚約者が居た。魔法学院で共に研鑽《けんさん》を積む魔女だった。

幼い時に親同士が決めた相手だったが、そんなことは関係なく、僕はその人が好きだった。

しかし父と母が事故で死ぬと、以前からあった親戚とのいざこざが表面化し、あらゆる財産をあらゆる方法で奪われ、グラシス家は衰退してしまった。

力と財産をなくしたグラシス家の息子と、我が子を結婚させたがる親は居ない。結局婚約者だった彼女は僕との婚約を破棄し、当時力を持っていた魔術一門の男に見初《みそ》められ、その男と婚約した。

もう随分昔のことのように思える。

その時の僕はまだ若く、色々なことが重なり過ぎて人生に光を見出《みいだ》せずにいたが、その後王宮魔術師として働く中で、徐々に力を認められるようになって来た。

自分にベルルとの結婚の話が舞い込んで来たのも、王宮で地道に結果を出して来たからだと、勝手に思い込んでいる。

「ねえ、旦那様、起きてらっしゃる？」

小さな声が聞こえ、驚いた。

ベルルはもうすっかり寝ていると思っていたから。

「な、何だ」

「ベッドがふかふかして眠れないの。どうしよう」

「……」

「私、床で寝てもいいかしら」

「それは駄目だ」

即答ものだ。当然、そんなことはさせられない。

もしそれを許そうものなら、明日サフラナに何と言われるか。

「……絶対？」

「絶対だ。何が何でもだ」

「でもね旦那様、私ずっと冷たい牢屋の床で、布団一枚で眠っていたのよ。こんな体の埋もれちゃうベッドじゃ、眠れっこないわ」

魔王の城では、床で寝ていた訳でもないだろうに。あまりに幼い頃のことで、覚えていないのだろうか。

「……仕方がないな」

僕は起き上がって、ランプの灯《あかり》を点《つ》けた。そのままベッドを出て隣の書斎へ向かう。

「どこへ行くの？　ま、待って……っ」

するとベルルまでベッドを出て、てくてくついて来た。

「おいおい、ベッドで待っていてくれていいのに」

「……でも」

「薬を取りに来ただけだ。寝付きの良くなる薬草の茶を飲むといい。僕は王宮で魔法薬を研究している身だ。良いものを持っている」

「……薬草のお茶？」

「ああ。グラシス家の庭で採れた薬草の茶だ」

棚に並べられた瓶から、干した薬草を数種類選んで取り出し、机の上にある天秤《てんびん》に載せた。

机の上に置いていた短めの杖を持って、宙に魔法式《まほうしき》をさらさらと書く。すると天秤に載った干し草が宙をクルクルと舞いながら細かく砕けていく。

「わあ、魔法ね」

「ああ……薬草に夜の女神の術式を組み込んだんだ」

「凄い凄い!!　綺麗《きれい》ね!!」

さっきまで枯れ葉の色をしていた薬草は、再び天秤の皿に戻った時には、キラキラした緑色の粉になっていた。

これは王族や貴族の者たちに愛用される魔法薬の一つだ。市販だと結構高かったりする。

「ほら、ベッドに戻って待っていなさい。僕はお茶をいれてくるから」

「……」

「いいね」

「はい」

彼女は渋々頷くと、ベッドに戻っていった。

僕は広い屋敷の台所まで行って一人茶を沸かし、カップを二つ用意する。どうせ僕も寝れなかったのだから、ちょうどよかった。

「しかし……若い娘は、こんな苦い茶なんて嫌がるかな」

ふと、そのように思い至り、角砂糖とミルクも一応持っていく。


「待たせたな……」

「……わあ、凄く良い匂いね」

「匂いの強い薬草だからな」

僕は相変わらず面白みのないことを言って、茶のカップを手渡す。

彼女は特に苦みを気にしなかったものの、角砂糖とミルクを入れたものも飲みたがった。

するとやはり、甘い方が気に入ったようだった。

彼女はベッドの上で、僕は側《そば》の椅子に座って、真夜中にお茶を飲む。なんとも不思議な気分だった。

温かい茶の品《ひん》のある香りは、こんな状況でも落ち着きを与えてくれる。

「ベルル、一つ聞いてもいいか」

「……？」

「君のいたあの地下牢……あの場所を訪れる者はいたのか？　その、あの老人以外に」

「……ほとんどいなかったわ。国王様は、あまり私のことを良く思っていなかったみたい」

「それは……まあ、そうかもしれないが」

国王のみならず、この世界の者は、旧魔王の娘というものに良い印象を持たないのではないだろうか。

僕もこの話が来る前は、魔王に縁のあるものに良いイメージを持っていなかった。

そもそも前の魔王に娘がいたなんて知らなかった。

十二年前に行われた、ここら一帯の国を挙げての魔王討伐の折、旧魔王関係者は皆処刑されたというのが通説であったから。

ベルルはカップを両手で持って、少しずつお茶を飲んでいた。

「ねえ旦那様、旦那様はどうして私をお嫁にしようと思ったの？」

「……え」

いきなり答えに困る質問をされた。

ベルルはクスクスと笑っている。

「国王様に命令されたの？　別に、いいのよ。知っているもの」

「……」

「聞いたことがあるの。いつか私は、どこかの誰かと結婚して、子供を産まなければならないって。その為に、私だけ生かされたんだって」

僕は思わずお茶を噴きこぼしそうになった。

色々と、色々と衝撃で。彼女はそれがどういうことなのか、分かっているのだろうか。

「それ、誰が言ったんだ？」

「バジリよ。あの看守のおじいさん。あの人だけが私の話し相手だったもの」

「……」

「でも、そんな理由でもいいから、早く誰かが来ないかなって思っていたのよ。……実は、あなたが三人目」

「三人目？」

「私の旦那様って言って、連れて来られた人よ。でも、前の二人は私を見て逃げ出しちゃったの。仕方がないわ……私、汚くて醜《みにく》かったもの。二人共そう言って逃げ帰ったのよ。旦那様は凄いわねえ。私の鎖を外して、こうやってここへ連れて来てくれたんだもの」

彼女はカップを両手で持ったまま、僕の方を見てクスクスと笑った。

そしてその後に小さくあくびをして、うとうとし始めた。

僕がカップを受け取ると、彼女はくてんと横になる。

「そろそろ……眠るかい？」

「……ええ」

僕もそろそろ眠れそうだ。

灯を消し、ベッドに入る。僕はベルルに背を向けるように横になったが、彼女が僕の背に身を寄せて眠った為、少し緊張した。

しかしまあ、それほど気を張ることもないのかもしれないと、思ったりもした。

ゆっくり、夫婦らしくなっていけばいいのかもしれない。

まだ僕たちは、お互いのことを何も知らないのだから。

## 2　王都

翌朝、僕は王都の商店街へ、ベルルと共にやって来た。

まず彼女の体に合う服を数着買ってあげたいと思っていたが、正直女物の服の善《よ》し悪《あ》しや、流行《はやり》の店なんてのはよく分からない。

この僕だぞ。分かる訳がない。

一方、ベルルは初めての王都ということで、瞳をきらきらさせてはしゃいでいた。何もかもが珍しいのだろう。

「凄いわね!! なんて賑やかなの!!」

彼女は色々なショーウィンドウを眺めながら、あっちこっちへ行っていた。

しかしこれまたぶかぶかの靴を履いていたので、タイルの窪《くぼ》みに引っかかって転びそうになったりする。

「ほら、危ない」

すかさず僕が、彼女の腕を取って支えた。

何と言うか、彼女はまるで子供のようだ。

「やはり、体に合った服や靴が必要だな」

「……旦那様、あのお洋服、凄く綺麗だわ」

ベルルは僕に腕を掴まれたまま、声を弾ませ、ある店のショーウィンドウに飾られている洋服を指さす。

金色のボタンがついた、エメラルド色の普段着用のドレスだった。

確かに美しい色だが、隣には若い子の間で流行中らしい桃色のドレスもあった。それなのに、ベルルは何でこっちを選んだのだろうと少し不思議にも思う。

まあ流行を敏感に察知出来る場所にいた訳でもないから、当然と言えば当然か。

「あの店に行ってみるか」

「うん‼」

ベルルは瞳を輝かせ、僕の手を取る。

少々驚いたが、好き勝手にあちこち行かれるよりいいか。

「あらまあ、あんたが何で女物の服屋に？」

「げ、オリヴィア・レッドバルト」

店に入るや否や、王宮魔術師として同じ魔法薬研究室に所属している同僚オリヴィアに出くわした。

深い赤茶色の髪を後ろで結った、つり目の風貌。僕とは学生時代からの仲である彼女は、騎士の名家レッドバルト家に嫁いだ若奥様だ。

オリヴィアは僕の隣に居るベルルを見てギョッとしていた。一方のベルルはきょとんとしている。

「えっと……その、ベルル、こちらは僕の仕事仲間のオリヴィア・レッドバルト。レッドバルト家の若奥様でもあるんだ」

「……？」

まあ、多分よく分かっていないだろうけれど。

ベルルはニコリと笑って「こんにちは」と挨拶をする。

「オリヴィア……えっとその、この子は僕の、妻になる……その、ベルルロットだ」

オリヴィアは多分驚いていたのだろうが、すぐに手を差し出してニコリと笑った。そしてベルルと握手をしたまま、僕に問いかけてくる。

「あんたが結婚するって噂、本当だったのね」

「……噂になっているのか」

「ええ。前に婚約者に捨てられた傷心のせいで、もう一生独身貴族を貫くんじゃないかって心配されていたあのリノフリード・グラシスが結婚するらしいって、研究室で噂になっていたのよ」

「お、おいオリヴィアッ‼」

オリヴィアの口から前の婚約者の話題が出て焦った。僕に婚約者がいたことは、まだベルルには言っていないのだから。

普通に考えて、夫となる男の前の婚約者の話など、このようなところで知らされたくはないはずだ。

オリヴィアもとっさにそれを悟ったようで、一瞬口を押さえる。

しかしすぐに機転を利かし、別の話題をふってきた。

「え、えっと。何、もしかして奥様に新しいドレスでもってこと？　ベルルさん、お気に召したものがあるかしら？　この男だけでは少々不安でしょうから、私、一緒に選んであげますわよ」

それを聞いたベルルはワッと嬉しそうな顔になると、先ほどのエメラルド色のドレスを指さした。

ショーウィンドウに飾られていた、あのドレスだ。オリヴィアは「ほー」と感心して、腕を組む。

「ベルルさんはお若いのに、なかなかお目が高いわね、リノ。若い子はみんな、桃色のフリルのついた服を選ぶのに」

「……この子は箱入りだったんだ。あまり流行に詳しくない」

「きっとお育ちがいいのね」

オリヴィアは店員を呼ぶと、ベルルにその服を試着させるように伝えた。

ベルルは試着室に入るのを少し怖がったが、僕が「大丈夫」と言うと、大人しく従う。

四角い小さな部屋が、あの牢屋を彷彿《ほうふつ》させたのだろうか。

店内のテーブルで待っていると、オリヴィアが妙にニヤニヤした顔で僕を覗き込んだ。

「ねえねえ、いったいどこのお嬢様なの？　えらく美人な子じゃない」

「……それは、内緒だ」

「なによそれ、変なの」

「ちょっとした魔術の家柄のお嬢さんだ」

当然、僕は嘘を答える。彼女が魔王の娘であることは、王宮の限られた人物しか知らない。

「それにしても、新婚かあ。いいなあ……私もあの頃に戻りたいわ」

「……何を言っている。年がら年中、新婚のようなものじゃないか、君たちは」

僕はこのオリヴィアの旦那、ジェラル・レッドバルトとも交流があるが、この二人が結婚して約五年、いまだにその熱が衰える気配はない。

「それでも新婚は特別よ。結婚式を挙げて、新婚旅行に行って……あんた、ちゃんと指輪は用意したの？」

「……え」

指輪？

それは結婚指輪ってことか？

それとも婚約指輪？

「何あんた、お嫁さん貰っておいて、用意してないっていうの？」

「い、いや、僕らはあんまり結婚を公にしない方向でいくつもりと言うか。式も挙げる予定はないし、指輪って……」

すっかり忘れていた、とは言えない。

オリヴィアは呆れ返った表情だ。

「あんたね……いや……はあ？　あんたそんなだから、つまんない男って言われるのよ。ベルルさん、まだ若いんだからあんたがしっかりしてないとダメじゃない」

「は、はあ」

「指輪は高価なものじゃなくてもいいのよ。そりゃあ、良いものをあげることで愛の大きさを示すってタイプも居るけど。うちの旦那みたいに」

確かにオリヴィアの指には、いつもとても高価な指輪が当たり前のようにはめられている。

「あんたの家は、お世辞にも余裕のある状態じゃないだろうから、そこは仕方がないとしてもね。指輪は証《あかし》であり戒《いまし》めよ。夫婦として、しっかりやっていこうっていう意識を持つきっかけになるのよ」

なるほど。彼女の言葉には少々納得する部分もある。

「あのお、お客様。ご試着が終わりました」

店員が試着室のカーテンを開く。

すると、先ほどショーウィンドウに飾られていたエメラルド色のドレスが、ぴったりとベルルの体を覆っている。

何と言っても、彼女の黒髪とよく合う。まさに彼女の為に作られたものだと思えるくらい似合っている。

「まあ……まあやだ。なんて美しいの!! 私がお持ち帰りしたい!! 天使よ天使!!」

オリヴィアは興奮した様子で手をワキワキさせながらベルルの周りを回っている。危ない女だ。

当のベルルはオリヴィアの危なさをよく分かっていないようで、「ピッタリね！」と嬉しそうに袖《そで》をヒラヒラさせている。

「旦那様、どう？」

そして、少し心配そうに僕を見上げて様子を窺う。

いやはや、その視線は卑怯だ。

「……買います」

買うしかないでしょう、これはもう。

良い値段だが、恐ろしい程後悔はしていない。

ベルルはそのドレスがとても気に入ったようで「ありがとう旦那様」と、満面の笑みを浮かべる。

「でもそれだけじゃダメね。靴や髪飾りも買わないと」

「……オリヴィア、何か良いものを選んでやってくれないか」

「勿論」

彼女は指をグッと立てると、楽し気に、でも真剣に店の中から色々な小物を持ってくる。

ドレスに合う深い緑色の細身の靴や、白く艶《つや》のある靴、更にコサージュのついた髪飾りをパパッとチョイス。

女の人って凄いな。

ベルルはどれもこれも美しいと言って、そのひとつひとつを眺めている。

「……全部下さい」

仕方がない、全部買いますとも。全部買いますとも!!

オリヴィアは「よっ男前!!」と囃《はや》し立てる。

王宮から援助金もいただいているのだから、このくらい当然買わせていただきますとも。

ここ最近、金にシビアになっていたから、若干ビクビクしたけれども。

店を出ると、オリヴィアは研究室に寄ると言って、僕らと別れた。

「面白い人ね、オリヴィアさんって」

「ああ、まあ……おせっかいな人だよ、昔から」

「昔からの知り合いなの？」

「魔法学校での学生時代、同じ班だったんだ。と言うか、オリヴィアは班長だったんだ。他にも班員は居たが……王宮魔術師として同僚になった者も多いな」

同期ということもあって、オリヴィアとの付き合いは長い。

ここぞという時に頼りになる人だ。僕も家が大変な時、色々と世話を焼いてもらい、励ましてもらった。

「それはそうと、少し疲れたんじゃないか、ベルル」

「……お腹が空いたわ」

「だろうな。僕もだ」

ベルルがポツリと正直に呟いたのが、何だか妙に面白かった。

◆◆◆

その後僕らは小さなカフェに寄って、昼食を取った。

ベルルはカフェで出たパンやスープ、サラダやキッシュをとても美味しいと言っていたが、やはり小食である。

昨晩の我が家でもそうだった。地下牢の生活では、あまり多く食事を取っていなかったのかもしれない。サフラナいわく、ゆっくり食事に慣れていけば良いということだった。

無理矢理沢山食べさせるのも良くない。しかし好き嫌いなく何でも美味しいと言ってくれるので助かっている。

「旦那様、今からどうなさるの？」

「ああ……まだ時間はあるし、行きたい場所なんかあるか？」

「……？」

「ある訳ないよな」

当然である。彼女はこの王都を知らないのだから。

そもそも、きっとこの国のほとんどの場所を知らないのだろう。

「だったら、僕の用事を済ませてもいいかい？　王立の植物園に行きたいんだ」

「旦那様の行きたい所？　だったら私も行きたいわ。旦那様の行きたい所に行きたいっ！」

先ほど買ったばかりの服と靴を纏《まと》って、楽しそうにそう言う少女。

良く似合っている、本当に。

それをちゃんと口に出せれば、いいのだろうけれど。

この少女が自分の妻となったのか……

まじまじと見て考えていると、ベルルと目が合ったので思わず咳払いをする。

彼女はただニコニコと笑っていた。


僕は王宮の魔法薬研究室に所属している王宮魔術師だ。

王立の植物園というものが王都セントラル・リーズにあるのだが、仕事柄そこにはよくお世話になっている。植物園には世界の植物が集められ、様々なグループに分けて栽培されている。一般人も入場出来る施設なのだが、魔法薬に使う特殊な薬草や香草は、王宮魔術師のライセンスカードがなければ入れないゾーンに植えられている。

「わあああ……凄い」

ベルルは植物園に入るや否や、感嘆《かんたん》の声を上げた。

ガラス張りの大きな施設は、設備が整っている上、造形的にも美しい。

噴水も数多く設置されていて、観光名所の一つとなっている。

ベルルは王都の町並みを見て回っていた時のはしゃぎっぷりとは裏腹に、静かに且《か》つ熱心な様子で植物を見ていた。

地下牢に居たせいで、あまり植物を見たことがないのだろうか。

「植物が珍しいか？」

そう聞くと、彼女はコクンと頷く。

「でも……懐かしい気もするの」

緑色のドレスが周りの植物たちと調和していて、彼女もまた美しい花を咲かせた植物のように見える。

今日は休日だからか客がとても多い。どこか不安そうにしていたベルルは、僕の腕を探し、身を寄せる。

「……人ごみが怖いのか？」

「……うん」

「それもそうか。こんなに多くの人が集まったところは見たことがなさそうだもんな」

僕は出来るだけ人ごみから離れ、急いで薬草のゾーンに向かった。

あの場所なら、今日も人は少ないはずだ。

王宮魔術師である僕は当然、王宮魔術師専用の特殊ゾーンにいつでも出入り出来る。

そして僕が付いていれば、ベルルも同様に見て回れる。

「……ここにも植物があるの？」

別館にある特殊ゾーンへ向かう通路で、彼女は僕を見上げて聞いた。

「沢山あるとも。うちの庭にも植物は多く植えてあるが、ここにしかない異国の薬草もあるからな。

今日は苗を少し買いに来たんだ」

中に入ると、案の定、人は居なかった。王宮の研究者も、わざわざ休日にここへ来ることは少ないのだろう。

「わああ……」

ベルルは瞳を見開き、一度大きく息を吸った。

「一気に空気が変わったわね」

「人が居ないからな」

僕はまたつまらない返事をする。

しかしそれを後悔する暇もなく、ベルルはどこか興奮した様子で続ける。

「もう旦那様ったら、そういうことじゃないわっ!! ……魔法があちこちに満ちていて、空気が澄んでいるのよ」

「……？」

「ほら、右から～……すーっと流れていて……下から上に向かって、ずーっと……」

「……??」

ベルル……君には何が見えているんだ。

僕のお目当ては、最近僕が研究している魔法薬に必要な〝青星《あおぼし》シダ〟という変わった植物の苗だった。

我が家の庭にも僅《わず》かに生えているのだが、もう少し増やそうと考えたのだ。

このゾーンを進むうちに、ベルルはふと足を止める。

とある木が気になったらしい。

「ああ、その木か。月光樹《げっこうじゅ》だよ。とても貴重な木だが、我が家にも小さなものがある。ここのはよく育っているだろう」

「青い小さな花が咲いているのね。私、あの木の花を見たことがあるわ」

「……まさか。地下牢にあの木があった訳ではないだろう」

「うん。でも、この香り……知っている気がするの」

ベルルはただただ、月光樹を見つめていた。

「……その、東の最果ての国に居た時に、見たのか？」

「……分からない。私、どこで見たんだっけ……」

月光樹は樹冠が大きく、香りの良い花を咲かせる木だが、貴重なのはその葉の方で、様々な薬の調剤に用いられる。花の方が薬の調剤に使われた例は今のところないが、研究者たちが熱心に研究している分野でもある。

古い神話によく出てくる聖なる木としても有名だが、とても貴重な木だから、実際に見たことのある者は少ないのではないだろうか。

彼女があんまりじっくりその木を見つめていたので、ついついその様子を横目に確認していると、思わずギョッとした。

彼女の周りに、何か小さなものが沢山居る。姿形も様々な、謎の存在。

それは何と、植物に宿っている妖精たちだった。

僕もたまに見つけることがあるが、一度にこんなに沢山見たことはなかった。基本的に妖精は人に近寄らないものなのである。

「べ……ベルル……っ……君の周りに妖精が……」

ベルルは「わっ」と跳び上がって僕にしがみついてきた。

妖精たちは可愛い容姿のものから不細工なものまで多種多様。そのどれもが、ベルルがいくら離れようとしてもまたすぐに寄ってくるから不思議だ。

しかしベルルもそれらが妖精たちだと分かるとすぐに笑顔になって、しゃがみ込んで妖精たちに向けて手を伸ばしたりする。

「ベルル、妖精を見たことがあるのか？」

「ええ。地下牢にもたまに迷い込んで来たわ。………そうだわ、思い出した。その時の妖精が、あの木の花を持って来てくれたんだわっ！」

「月光樹の花を？」

「そうよ。いい香りだったから、私それを大切にしていたの。すぐ枯れちゃったけれど……」

昔、どこかの偉い教授に聞いたことがある。

魔術師の中には、妖精に好かれて仕方がない者が居ると。

そういった者は稀《まれ》で、特別の中の特別であり、時代を変える存在になりうると。

驚いたと言うより、やはりと言った方がいいのかもしれない。彼女は魔王の娘なのだから。


そこに、魔法薬草のゾーンを管理している専任庭師のガスパール・ロジェが現れた。

王宮から特別に派遣されている彼は、以前は王宮魔術師だった男だ。七十八歳と高齢ながら、いまだに薬草と関わり、現役を貫いている。

「おお、リノフリードか。今日は何を買っていくかね」

「……青星シダの苗を三つ程。……あと、月光樹の枝を一本くれ」

「おんや、お前さんが月光樹の枝を買っていくとは珍しい。グラシスの庭には月光樹があったと記憶しているが」

「あるにはあるが、まだ花が咲いていないんだ……」

ガスパールは僕の脇にちょこんと居るベルルを見て、目を細めた。

「はて、そこのお嬢さんはご親戚か何かかね？　姪《めい》っ子さんとか？」

「……僕の妻だ」

僕の答えに、ガスパール爺さんは口をあんぐりさせた。以前から、「僕はもう結婚することはないだろう」と愚痴《ぐち》をこぼしていた相手でもあるから。

そしてベルルと僕を見比べる。

「お前さんいつの間に……しかもそんなに若くて綺麗なお嬢さんを」

「いいからさっさと用意してくれ」

「お嬢さん、お名前は何と言うのかね」

僕を無視したガスパールは、ニヤニヤ笑ってベルルに聞いた。

ベルルはニコリと笑って、「ベルルロットよ」と答えている。

「なんてまあ、美しい黒髪だろうね。ドレスもよく似合っておる」

「旦那様が今日買って下さったのよ、お爺様」

「ほっほ。無愛想でつまらない男の代名詞だったお前がのお。……お前にもやっと……やっと……」

「……ゴホン。いい加減品物を用意してくれないか」

「ほっほっほ」

意味深な笑みを浮かべたガスパールは、青星シダの苗と、更に月光樹の枝をちょちょいと取って来て、麻袋に入れた。

「まあ、月光樹の花があるわ」

「この花の香りが好きなら……持って帰って飾ろう。枯れそうになったらポプリにすればいい」

ポプリとは草花を乾燥させた芳香剤のようなもので、魔法を施せばいっそういい香りが長持ちする。

ベルルの瞳が僕を見上げ、嬉しそうに輝く。けれど、それをまっすぐには見ていられなかった。

何だか照れくさくなって何度か咳払いをする。

ガスパール爺さんの何とも言えないニヤけ顔が気にくわなかった。

## 3　マル

植物園を出て、館《やかた》まで帰ろうと馬車に乗った。

ベルルは月光樹の枝を持って、その花を眺めたり匂いを確かめたりしている。

僕はその様子をただぼーっと眺めていた。

「ねえ、旦那様。どこからか騒ぎ声が聞こえるわ」

「……？」

僕には何も聞こえなかったのだが、ベルルはよほどそれが気になるようで、窓から身を乗り出す。

「こ、こら、危ないぞ」

「旦那様、ほら。あそこ、人が争っているわ」

彼女の言うように外を見てみると、確かに数人が道の脇で言い争っている。

よく見てみると、グラシス家とも関わりのある医者の娘が、チンピラ三人組に絡まれているようだった。

ここら辺は人通りが少ないが、稀に町のごろつきがたむろしていることがある。

「仕方がないな。ベルル、馬車を止めさせると、外に出た。流石に知り合いの娘がごろつきに絡まれているのに、助けない訳にはいかない。

僕は御者に馬車を止めさせると、外に出た。流石に知り合いの娘がごろつきに絡まれているのに、助けない訳にはいかない。

「おい、こんな所で何をしている。やめなさい」

僕がそう声をかけると、医者の娘が僕に気がついた。

「……グラシスの旦那様……っ」

彼女の名はセーラさん。十八歳程で、なかなかの働き者だ。

「あ、何だおっさん。やんのかコラ」

「ぶっ飛ばされてーのか!!」

「モヤシ野郎!!」

若々しいな。おっさんは羨《うらや》ましいよ。

おっさんって言ってもまだ二十六歳なのになあ。確かに君たちに比べたらおっさんかもしれないけど。

若者の中には、知った顔もある。面倒なことに、町の大商人の息子ではないか。

「いい加減にしなさい。セーラさんが嫌がっているじゃないか。いったい何事だい」

「うっせーんだよおっさん。この女が俺の求婚を断ったのが悪いんだ」

「……キュウコン？　チューリップでも植えるのか？」

「ちげーよ、何言ってんだこのおっさん!!」

話を聞いてみるとどうやら、町でも有名な美しいセーラさんに縁談を持ちかけたラゴッツ商店の若君が、その縁談を断られたのに納得出来ず、こんな騒ぎになっているとか。

「貧乏医者の娘が、生意気なんだよ!!　援助もしてやるって言っているのに!!」

ラゴッツの若君はセーラさんの手を掴んで、何やら熱くなっている。

「こら、嫌がる娘さんに無理強《むりじ》いはよくない!!」

「知ってるぞグラシス!!　お前んところも金がないんだろ!!　大変だよな没落貴族ってのも!!」

「あはははははは!!」

確かに、我が家は貴族という位にこそあるものの、没落の一途を辿る一族ですとも。

町の金持ち商人の方が何かと影響力を持っているのも確かだ。とはいえ、ここで引き下がる訳にはいかない。

「それとこれとは関係のないことだ、ラゴッツの若いの。さあ、セーラさんの手を放しなさい」

僕はずかずかと若者の群れに入っていき、セーラさんの手を取って引いた。

「グラシスさん……」

セーラさんはよほど怖かったのか、泣きながら僕に身を寄せる。

それが面白くなかったのか、若者たちは「こいつ!!」と言って僕に殴りかかろうとしてきた。

さあ、僕は暴力が苦手だ。魔法なら使えるが、魔術師でない者に魔法を使うのはあまり褒められたことではない。

何てことを、言っている場合でもないが。

「マルちゃん!! 旦那様を助けて!!」

その時、馬車の方から大きな声が聞こえた。一瞬後、強い風が横切る。

いや、風じゃない。

「……あ……」

僕は目を疑った。一度僕らの横を通りすぎた風は、同時にラゴッツの若君を攫《さら》っていった。

そして風はだんだんと形を成していく。真っ白な、長い毛並みの美しい、額に赤い角のあるとんでもなく大きな獣。

犬のような、狼のような、キツネのような……あれは……

「魔獣か……っ」

当然、町のごろつきたちはそれを見て悲鳴を上げ、僕を殴ろうとしていた拳を引っ込め、逃げ出す。

ラゴッツの若君はその魔獣にくわえられたまま、失神してしまっていた。

「な、ななな……っ。はあ……」

「セ、セーラさん⁉」

セーラさんも、突然目の前に現れた、言わば化け物のような存在に驚いて気絶してしまった。

無理もないだろう。僕だって、初めて見るその恐ろしい姿の獣を前に、目をつむってこれは夢だと自分に言い聞かせたい気分だったのだから。

「マルちゃん‼　その人を離しなさい。もういいのよ」

マルと呼ばれた獣はベルルの命令を素直に聞いて、くわえていた若造をペッとそこらに落とした。

そしてずんずんと近づいて来てじっと僕を見た後に、顔をぺろりと舐め、地響きのような低いうなり声を上げた。

僕には分からない。この魔獣は怒っているのか何なのか。

「あはは、マルちゃんってば、旦那様のことが気に入ったのね」

「……べ、ベルル。これは、君の魔獣か？」

「そう。マルちゃんって言うの。本当はもっと長い名前なんだけど……私はそう呼んでいるの。気の優しい、女の子なのよ」

ベルルがこちらにやってきてマルに手を伸ばし、鼻の横を撫でて腹毛のふわふわした所に顔を埋《うず》める。

微笑ましいのか恐ろしいのか、よく分からない光景だ。

確かに魔獣と契約し、自在に操る魔術師も居ると聞くが、これは相当な大魔獣だ。びしびしと怖い程伝わって来る魔力でそれを痛感する。

「君が召喚したのか？」

「そう。旦那様が危ないと思って。……こうやって、まーるを描いて、魔界へのゲートを作ったのよ」

ベルルは宙に指を突き出し、大きく円を描いた。すると指の描いた線が光って、魔獣を召喚するゲートが現れる。

「さ、お帰りなさい、マルちゃん」

ベルルがそう言うと、マルはベルルの頬を一度舐めてから、逞《たくま》しい四肢で駆けてゆき、ゲートの中に消えた。

一時《いっとき》、呆気に取られる。呪文も魔法式も、全てショートカットした召喚術。

白い毛並みが空《くう》を斬る残像のようなものが、まだ目の奥に残っている。

それほど印象的で、恐ろしかったという訳か。

「……凄い」

思わず口に出して呟く。

「旦那様、大丈夫？　怪我はない??」

「あ、ああ。しかしセーラさんが気絶してしまった」

「……その子、だあれ？」

「うちの薬を買ってくれる医者の娘さんだ。町の若者に人気だから、ああやって絡まれることが多々あるらしい」

「……ふーん」

「仕方がない。うちに連れて帰ろう。少ししたら目を覚ますだろう」

僕は彼女を抱え、馬車に乗る。ベルルも黙って、てくてく僕について来た。

そしてそのまま、丘の上の館へ戻った。


セーラさんを客室のベッドに寝かせてから、居間でベルルと茶を飲む。サフラナが入れてくれた紅茶だ。

「ベルル、君は召喚術が使えるんだね。あんな召喚、初めて見た」

「ふふ、私はむしろ、あれしか分からないの。どうやって使えるようになったのかも覚えてないのだけど、他にも二匹居るのよ。みんな良い子で、かわいくて、ふわふわでもふもふで……逞しいのっ!!」

多分、本当はほとんどを〝逞しい〟が占めているんだろうけれど。

恐ろしいことだ。あんな上位の魔獣を、三匹も召喚出来るなんて。

流石魔王の娘。しかしマルとは……あの姿に似合わない可愛らしい名前だな。

「……その、君の持つ魔獣は、元々旧魔王のものなのか?」

「……?」

「あ、いやっ……でも、答えたくなかったら別に……」

「多分、そうだと思うわ。きっと、父様の僕《しもべ》だったのよ。……私、あまり昔のことは覚えていないの」

ベルルはいつものような明るい口調ではなく、少しだけ沈んだ声で、でもちゃんと答えた。

ずっと気になっていたことだが、やはりベルルはあまり旧魔王の元に居た頃のことを覚えていないらしい。

「なら、あの地下牢に居た頃のことしか覚えていないんだね……」

「ふふ、でもあまり寂しくなかったわ。鎖を付けられていたのは、私が魔獣を実体化出来ないようにする為だったのだろうけれど、でもみんな側《そば》に居てくれたもの。ただ見えないだけで、契約した魔獣は常に私の側《そば》に居るのよ」

僕の専門外だから、魔獣との契約や召喚のことはよく分からない。

しかし、ベルルはあの魔獣のことを、とても大切そうに話す。彼女があの地下牢にずっと居てもなお明るさを失わなかったのは、きっと側《そば》に魔獣が居たからなのだろう。

旧魔王は死ぬ間際、何を考えて彼女に魔獣の契約を移したのだろうか。

「さあさ、夕飯ですよお二人とも。今日はお疲れになったでしょう、奥様」

サフラナが軽快な声で、僕らを呼んだ。

「ううん、凄く楽しかったの。見て、サフラナ。旦那様が買ってくれたのよ!!　服も、靴も」

「ええ、ええ。凄くお似合いですよ、奥様」

ベルルが服の端を摘《つま》んでくるりと回って、嬉しそうに笑う。

「旦那様がね、月光樹の花も買ってくれたの!!」

「ええ、ええ。では花瓶にさして、飾っておきましょうね」

「旦那様がね」

「おい……もういいだろうベルル」

あまりに色々言われると、流石に恥ずかしくなる。

サフラナの意味深な笑みが非常に怖い。

ベルルは相変わらず嬉しそうに、僕の周りでクルクルと舞っていた。

まるで、見たこともないエメラルドの花のように。

◆◆◆

やがてセーラさんが目を覚ましたと聞き、すぐに客室へ向かった。

彼女はやはり、ぼんやりとしていた。

「私、白い獣を見た気がするのですが」

「え、何のことですか?」

彼女が思い出したように夕方の件に触れると、僕はしらばっくれた返事をする。

あたかもあれは夢だったかのように。

セーラさんは働き者で気の利く、優しい娘だ。ベージュの髪の、清楚《せいそ》な佇まい。男たちは彼女に看病されたいが為、わざと怪我をして彼女の父が運営するシグル病院に通うとか。

彼女の父は、王都の裏側に住む貧しい人々にも安い見返りで診察する、腕の良い医者である。我がグラシス家もずっと薬を提供しているので、長く関わりがある。だからセーラさんのことも、小さい頃からずっと見て来た。

「あの、グラシス様。すみませんでした、あのようなことに巻き込んでしまって」

「いやいや、人気者も大変ですね」

「いいえ、そんなことは……グラシス様に来ていただき、本当に助かりました」

セーラさんはそう言いつつ、ちらちらと僕の後ろに居るベルルを気にした。

「そちらの方は……ご親戚のお嬢様ですか？」

「あ、いや」

ベルルは先ほどから何だか大人しく、ずっと僕の後ろにくっついている。「ほらベルル」と彼女を前に促す。

「彼女はベルルロット。……その、僕の妻です」

「……グラシス様、ご結婚なさったんですか……？」

「え、ええまあ。ちょっとした縁談がありまして。シグル先生には今度ご挨拶に伺おうと思っていたのですが。ほら、ベルル、挨拶しなさい」

「……ベルルロットです」

ベルルは小さな声で名乗り、ドレスを摘《つま》んで挨拶をした。

セーラさんはセーラさんで、驚いたのか言葉に詰まっている。

「そ……そうなんですか……私、てっきりご親戚の方かと……あんまりお若そうなので」

「ベルルはまだ十六歳なんです……何だかすみません」

「い、いいえ、こちらこそ大変申し訳ありませんでした。奥様、ご無礼をお許しくださいね」

「お気になさらないで」

ベルルはニコリと笑ったが、セーラさんは心ここにあらずという感じだ。

「す、すみません、少しびっくりしてしまって。グラシス様、私、今月分のお薬をいただきたいのです」

「ああ。そろそろいらっしゃるのではないかと思っていました」

僕は既に用意してあったシグル病院への薬を、箱ごと持ってくる。

「すみません、いつもいつも安価でお薬を提供して下さって。……グラシス家も色々あったのに、以前と変わらずこのように沢山……」

「いいえ長いご縁です。それに、我が家もやっと再出発と言いますか……」

セーラはちらりとベルルを見て「そういうことですか」と呟く。

「どうかしましたか？」

「……いいえ。グラシス様も、お家の為にご結婚なさったというのに……私ったら、ラゴッツ商店の若様との縁談を蹴ってしまって情けないなと……援助があれば病院ももっと潤《うるお》って、多くの患者さんを助けられるのにって」

「セ、セーラさん……？　別に、この結婚はそんな……」

セーラさんは僕とベルルの結婚に、訳ありな部分を感じてしまったのだろうか。我が家の事情に詳しい分、よりいっそう。

いや、否定は出来ない。

僕がベルルと結婚したのは、一族再興の為という理由も確かにあった。王宮から援助金が出たのも確かだ。

そんな中、ベルルは僕の少し後ろで、黙っている。

「グラシス様、私、そろそろ帰ります」

「こんな夜にですか？　お、送りますよ」

「いえ……大丈夫です」

「大丈夫なものですか。夕方にも絡まれたばかりなのに」

どうしたんだろう、セーラさん。いつもはこんな風に無茶を言う娘じゃないのに。

彼女の様子が少しおかしいと思ったので、僕は彼女を馬車で送ることにした。

「サフラナ、ちょっとセーラさんを送ってくるよ。……ベルル、先に寝ておいてくれ」

れない。


「……だ、旦那様」

「いいね、ベルル」

ベルルはどこか心もとなさそうな表情だったが、仕方がない。

セーラさんはどうしても今夜のうちに帰る気でいる。もしかすると、急ぎの患者が居るのかもしれない。


馬車で送っている間も、セーラさんは薬の箱を抱えたまま無言であった。

僕が家の為に結婚したことと、自分のことを重ね、色々と思うところがあるのだろうか。

「セーラさん……あまり縁談のこと、気にするべきではないと思いますよ。ラゴッツの若君は、その、やはり少々乱暴者ですし」

「……そう……ですね」

そうは言いつつも、セーラさんはどこか納得出来ていない様子だ。

いやはや、ため息ものだ。


館に戻ると、サフラナがどこか仏頂面《ぶっちょうづら》で縫《ぬ》い物をしていた。

僕を見るなり、ため息をつく。

「リノ坊ちゃん、奥様は先に寝ておられますよ」

「何だ、機嫌が悪いな、サフラナ」

「当たり前でございます。まだ奥様がいらして二日目だというのに、奥様を置いて他の娘と二人きりだなんて」

「二人きりって……ただ家まで送っただけだ」

「ハーガスに任せておけばよかったでしょうに。それか、うちに泊まっていただくか」

ハーガスというのはサフラナの旦那で、いつも馬車を運転してくれる、なかなか無口な老人である。

「そういう訳にもいかない。彼女は大切な取引先の娘だ。それに、もしかしたら薬がすぐに必要だったのかもしれないし」

「まあまあ、言い訳は色々と出てきますね。我が家に使用人が少ないのが問題なんですけど……奥様は大層不安そうにしておられましたよ。当然です」

僕は頭をかき、何も言えないまま寝室に向かう。そして部屋のドアを開けると、少し驚いた。

室内に広がる、月光樹の花の香りのせいだ。

「ベルル……まだ起きているか」

小声でベッドに呼びかけてみると、ベルルが布団から顔を出す。

「お帰りなさい、旦那様」

「ああ」

彼女は笑顔だ。

なんだ、別に気にしている様子でもないじゃないか。

ベッドの傍の小さな棚の上に、月光樹の花が飾られている。

「月光樹の花を飾ったのか」

「ええ……ダメ？」

羽毛布団から出て、上目づかいで心配そうにしているベルル。また、薄い絹の寝巻き姿っていうのが憎い。

「べ、別に、いいんじゃないか」

「よかった!!」

ベルルが布団を広げ、「早く寝ましょう」と言うので、僕は上着を脱いで彼女の隣に横になった。

まあ、彼女が寝付いてから着替えるとしよう。

「あのね、旦那様……今日は楽しかったわ」

「……それはよかった」

「あのね、こんなに楽しかったこと、今までなかったわ」

「……そうか」

「……」

「どうかしたか？」

ベルルが急に大人しくなった。彼女は布団の端を握りしめ、小さく丸くなっている。

「私……ずっとここに居てもいいの？」

「どうしたんだ。君は僕と結婚したんだ。いいに決まっている」

「でも……旦那様、私と結婚するの……本当は嫌だった？」

チラリと、彼女は僕を不安げに見る。

「セーラさんの言葉を気にしているのか？」

「だって、だって私、魔王の娘だもの。嫌われ者だもの、そのくらい分かってる……」

弱々しいベルルの言葉を、僕は無言で聞いた。

「それに小さいし痩せっぽちだし、子供だし……」

ゴロン、と反対側を向く彼女。その背中は、やはりとても細く、小さかった。

開け放たれた夏の窓辺で、レースのカーテンが柔らかい風に流され、ふわりと揺れる。

その度に月光樹の香りが、鼻をかすめた。

僕は一度、その香りを吸い込むように深く呼吸する。

「僕は、後悔しているつもりはないぞ」

「……」

「ベルル、こっちを向いてくれ」

彼女はどこか躊躇《ためら》いがちに、ころんとこちらに向き直った。そしていそいそと僕の側《そば》に寄ってくる。

横になったまま、僕らは視線を合わせた。その目を見るだけで、彼女が不安そうにしているのが分かる。

「不安になることはない。ずっと、ここで暮らすんだ、君は」

「……本当？　私、もうあの牢屋に戻りたくないの。鎖は痛いの。まだ、足が痛いのよ」

ベルルの声はどこか掠《かす》れていた。あの鎖につながれていた姿を思い出し、グッと胸が痛くなる。

昨日まで、あれは確かに彼女の現実だった。

明るく振る舞っていても、地下牢での生活はとても辛かったのだろう。

「当たり前だ。君はもう、自由なんだ」

「本当？　旦那様、ずっと一緒に居てくれる？」

「夫婦なんだ。当然だろう」

「……旦那様……っ」

ベルルは僕の胸に顔を押しつけ、静かに泣き始めた。

一瞬戸惑ったが、僕は彼女の後ろに手を回し、その小さな背を優しくさする。

薄い絹の寝巻き越しに伝わる、彼女の温もり。震え。

触れることを恐れるな。僕らは夫婦なのだから。そう自分に言い聞かせる。

「ありがとう、旦那様。……こんな私に優しくしてくれて……っ」

「……ベルル」

「旦那様、ありがとう……旦那様」

ヒックヒックと細い肩を上下させて泣く彼女が哀れで、可哀想で、でもどこか可愛らしいとも思う。

しばらく背中をさすっていると、やがてベルルは眠ってしまった。

月光樹の香りと、青い月の光が、静寂の中でとても印象的だ。

僕も眠たくなってきた。

## 4　中庭

「はあ……結局この服のまま寝てしまったか」

目が覚めた時には既に朝であった。

ベルルはまだすやすや眠っている。

彼女を起こさないようゆっくり起き上がろうと思ったら、彼女は僕の腕を掴んでいた。そろっと離そうしたのだが、結局彼女も起きてしまった。

「……旦那様、もう起きちゃったの？」

「ベルル、君はまだ寝ていてもいいんだぞ」

「……旦那様と一緒に起きる」

髪を乱したまま小さなあくびをして彼女はそう言うと、目を擦《こす》りながら起き上がった。

僕は朝食の前、必ず中庭を見に行く。

中庭には、僕が魔法薬を調剤する為に必要な薬草が沢山植えられていて、それらは絶妙な管理のもと栽培されている。

その為にグラシス家では一人、庭師を雇っていた。

「あ、旦那様、おはようございます‼」

「おはよう、レーン」

それがこのわずか十四歳の少年、レーン・バロナームだ。レーンは黒い短髪の元気な少年だが、この歳で〝国家庭師免許〟を持つ天才でもある。

「あ、そちらが奥様ですか？　話は聞いてます、俺、レーンて言います。ここの庭師として雇われています」

レーンはベルルを見つけると、愛想よく挨拶をする。

ベルルもつられて、笑顔で手を差し出した。

「よろしく、ベルルロットよ」

「はあ〜。旦那様ってばこんな綺麗な人と結婚出来て羨ましいなあ。もうずっと独身貴族を貫くと思っていたのに」

「……レーン」

「あ、すみません。俺ってば、うっかり口がすべっちゃって！」

ノリの軽い良い奴なんだが、主人の僕に対しても遠慮がない。まあ、有能だからいいのだが。

彼の手入れした薬草たちは、とても上質に育つ。本当なら王宮や植物園で雇ってもらえるだけの力があるのだが、若いことに加えて異国からの移住者であることが、彼のキャリアを邪魔していた。

彼の父と兄弟は王都の裏側のスラム街で、貧しい生活をしている。

そんな家族の生活を支えているのがレーンだ。

「そうだ。昨日青星シダの苗をいくつか買って来たんだが、気がついたかい？」

「ああ、入口辺りに置いてあった奴ですか？　気がつきました。とりあえず青星シダのエリアに植えてます」

「それは結構」

レーンは大きな麦わら帽子と作業着姿のまま、シャベルを片手に作業を続ける。

朝早くにやってきて、こうやって働いてくれているのだ。今度給料を上げてやらねばな。

ベルルはこの中庭を気に入ったのか、あちこち楽しそうに見回っている。

植物園程ではないが、ここもかなりの薬草が植えられていて、朝は特別清々《すがすが》しい。僕もこの中庭は好きだ。

「どうだい、ベルル。我が家の中庭を気に入ってくれたかい」

「ええ!!　とっても!!　素晴らしいわ、こんなにみずみずしい場所、きっと他にないわ!!」

「植物園程ではないが」

「そんなことないわ。ここは静かで、植物に宿る妖精たちにとって、とても住み心地がいいのよ。妖精の居る植物はその恩恵を受けて、よく育つもの」

目を凝らすと、彼女の周りにはまた沢山の妖精が居た。

植物園でもそうだった。彼女は妖精たちに愛されている。

「ベルル……また妖精たちが群がっているぞ」

「……わっ」

彼女はぴょんと跳び上がり、群がる妖精たちに驚いていた。

「ははは、妖精は君が好きなんだな」

「……旦那様が笑ったわ」

「……？」

彼女は僕の前までやってきて、僕を見上げながらそう言う。

青い澄んだ瞳を丸くさせて。

「何も……笑ったくらいでそんな」

「だって、旦那様いつも無表情だもの。でも、笑った旦那様、とってても素敵よ」

「……」

あれ、何か凄く恥ずかしくなって来た……

「ねえ、旦那様……楽しいの？　旦那様が楽しいなら、私も楽しいわ‼」

「君って人は」

ベルルはコロコロと笑って、僕の手を引く。

あれこれ植物の名前を知りたがるので、その名前と薬草としての効果を教えてあげると、彼女は熱心に聞いていた。

「興味があるなら、うちの図鑑を貸してあげよう。僕が王宮に働きに出たら、それを読むといい」

「……旦那様、王宮へ行ってしまうの？」

「そりゃあ、王宮魔術師だからな」

「……そう」

ベルルは一気にシュンとして、とても寂しそうにした。

悪い気はしない。

「仕事が終わったらすぐに帰ってくるとも。その間、うちで本を読んだり、何か楽しいことを見つけるといい。中庭にはレーンも居るし、サフラナも居る。困ったことがあれば、何でも聞くといい」

「……うん‼」

「よし、良い子だ」

僕がベルルの頭を撫でると、彼女はとても嬉しそうに笑った。

素直で可愛らしい。王宮には捻《ひね》くれた逞しい女性が多いので、こういうのは何だか新鮮だ。

「あの～……いちゃいちゃしてるところ悪いんですけど～、旦那様少しいいですか？」

「わっ⁉　な、何だいレーン」

レーンが後ろからわざとらしい口調で声をかけて来た。

脅かしやがって……クソッ。

「あのですね、旦那様。カリヴァ草の様子がどこかおかしいんです。そこらにいた妖精取っ捕まえて聞いたところ、何か悪さする妖精が外部からやってきたみたいで」

「……何だって？」

「カリヴァ草の茎が好物みたいで……こう、かじっちゃうんです」

かじるジェスチャー付きで、レーンが何となく状況を教えてくれる。

庭師は妖精の言語を勉強している為、何となく言っていることが分かるらしい。

レーンは特に異常な程物覚えがよく、多種多様の妖精の言語を理解している。だからこういった事態にも、すぐに気がつくのだ。

「どうかしたの？」

「あ、いや。ちょっと悪さをする妖精が紛れ込んでいるようだ。もし、変わった妖精を見つけたら、教えてくれ。君は妖精に好かれているから、姿を見せるかもしれないしな」

「……うん」

ぞろぞろと妖精を引き連れているベルルの様子を見て、僕はそう言った。

しかしまあ、どうして彼女はこんなに、妖精たちに好かれるのだろう。

朝食に焼きたてのパンと赤かぶのスープ、サラダを食べた後、僕は王宮勤め用の白い制服を着て、出発の準備をした。

ベルルが植物に興味を持っていそうだったから、書斎から読みやすい図鑑を数冊持ってくる。挿絵の付いた、出来るだけ分かりやすいものを。

「うちの中庭にある植物は、この本にだいたい載ってる。中庭の植物を観察しながら読むといい。分からないことがあったら、レーンに聞きなさい」

「……うん。ありがとう旦那様」

ベルルは図鑑を受け取ると、それを宙に掲げ、口を少し開いて興味深そうに表紙を眺めている。

植物が好きなのは幸いだ。我が家の花嫁ならば、そういったものに理解があった方がいいに決まっている。

「じゃ、じゃあ……行ってくる」

「旦那様、早く帰って来てね……ね……？」

「あ、ああ」

外まで見送りに来た彼女の寂しそうな顔が、何だか嬉しいような辛いような。いや、嬉しいから辛いのか？

何だかもう訳が分からない。僕にはただ、早く王宮の仕事を終わらせ、この家に帰ってきたいという思いしかなかった。

「飲んで帰って来たり出来ませんよ、坊ちゃん」

「わ、分かっているサフラナ。今日はちゃんと帰ってくる」

「奥様が待っていらっしゃいますものねえ……」

おほほと声を上げ、僕を試すような口ぶりで笑みを浮かべるサフラナ。

僕は馬車に乗り込んで、その窓からベルルを見ながら、小さく微笑んだ。

そうすると、彼女は大きく笑って「いってらっしゃい、旦那様!!」と手を振ってくれる。

ここ最近、これ程自分を意識し、興味を持ってくれた者が居ただろうか。

逆に言えば、ここ最近自分がこれ程興味を持った相手も居ない。

不思議なものだ。

何だか嬉しい。気のせいではないと思う。

◆◆◆

俺はレーン・バロナーム。

グラシス家の庭師をしている。

自分で言うのも何だが、たった十三歳で難しい国家庭師の免許を取った天才。

妖精に特別好かれている訳ではないけれど、妖精を見つけ捕まえるのは得意で、多種多様な彼らの言語も一度聞くだけである程度理解出来るという、超ハイスペック庭師だ。妖精たちの機嫌が分かっていれば、植物を育てるのにも苦労しない。手間ひまかけて優しく育てるのは勿論だが、土や水、空気や温度などを気にかける以上に、そこに宿る妖精の声を聞くことが庭師にとって大事だ。

さて、グラシス家には若い旦那様がいる。

無表情で、いかにも苦労して来たなというような幸薄《さちうす》そうな人だが、見る目のある人だ。なんたって俺を雇ってくれたのだから。

そんな旦那様が、最近若いお嫁さんを貰った。

ベルルロット奥様だ。

奥様は俺と二歳しか変わらないもんだから、正直あまり奥様という感じはしない。だが、本当に麗《うるわ》しい黒髪の美少女で、旦那様にもやっとツキが回って来たのかと思う。

今朝、珍しく旦那様が声を上げて笑う姿を見た。これも奥様のおかげなんだろうか。

そうだとすると何と言うか、旦那様にやっとそういった人が現れたのなら、ただの庭師の俺でもホッとする。

しかしあんまり若い人だから、旦那様ってもしかしてロリコン!?　とか思ってしまったのは心のうちにしまっておこう。

さて、その奥様が中庭で熱心に植物を観察している。

挿絵入りの図鑑を読みながら植物を確かめ、一人でコクンと頷いたりしている。

俺は横で作業をしながら、その様子を見ていた。

「ねえ、レーン。あなたはここの植物、全部知っているの？」

奥様が話しかけて来たので、俺は麦わら帽子をクイッと上げる。

「ああ……はい。全部知ってますよ」

「凄いのね。こんなに沢山植えられているのに」

「旦那様も把握してますよ。魔法薬を作る研究をしてますからね」

「……魔法薬って、ここの植物たちで作るの？」

「ええ。俺は魔法のことはよく分からないのですけど、ここらの植物を日干しにして、乾燥させるんですよ。そして瓶に詰めて保管しておいて、必要な分量を魔法で分解させ混ぜ合わせていくんです。天秤の上で」

「……そう言えば、おとといの夜、旦那様がそうしているのを見たわ!!　旦那様がね、私が眠れないものだから、薬草のお茶をいれてくれたの!!」

奥様はパッと表情を輝かせ、両手を広げて嬉しそうにそう語った。

本当に子供のように無垢な人だな。

「ねえレーン。少しだけ、植物の葉を貰ってもいいかしら」

「どうぞ。根っこから引き抜いたりしないでくださいね」

「ふふ、そんなことしないわよ」

奥様は側《そば》にあったマリーグラス草とコルダー草の葉を優しくちぎって、何やら手のひらの上に載せていた。

「奥様、魔法薬でも作る気ですか？　それなら乾燥させないといけませんよ」

冗談でそう言った時だった。

彼女の手のひらの上で大きな風の渦《うず》が出来たかと思ったら、キラキラしたガラスの粒のようなものが舞って、再び彼女の手のひらの上に収まる。

俺の麦わら帽子が吹っ飛んでしまった。

「え……えええええ、奥様もしかして魔女ですか⁉」

「……あれ、出来ちゃった……」

目を点にしている奥様。

いやいやいや、目を点にしたいのはこっちの方だ。

マリーグラス草とコルダー草の組み合わせで、特別何かの薬になることはない。だが、あの分解の過程は確かに魔法薬を作る調剤魔法のものだ。ぶったまげたなあ。

「あら……妖精たちがやって来たわ」

奥様の手のひらの上には、小さなキラキラした粒が沢山あった訳だが、それに妖精たちが群がっている。

妖精たちはまるで飴玉のようにそれを一つ一つ持っていって、夢中でかじっている。

薬にはならなかったが、妖精たちにとって何やら美味しいものになったようだった。

「こ、これは旦那様に報告した方がいいですよ。奥様、凄い才能があるかもっ」

「……？　真似してやってみただけよ？」

「真似で出来るんだったら魔法学校なんていらねーんですよ!!」

奥様は魔女（キリッ）。

いやはや、旦那様はいったいどこからこのような変わった奥様を嫁に貰って来たのか。

しかし有能な魔女なら、二世に期待が出来るかな……

魔術一門にとって、重要なことですよ？

「ねえレーン。何だか変わった妖精が居るのだけど」

「……え」

奥様は手のひらの上に居座っている、青い虫みたいな妖精をマジマジと見ていた。

俺はそれをいぶかしく思いながら観察してみる。この庭ではあまり見ない妖精だ。妙に顔色の悪いヤツだな。

「もしやこいつが、悪さしている妖精か？」

「さっき旦那様と話していた、あの？」

「そうです。こいつ、外からここにやってきたんだな」

ガッと掴むと、その青い妖精はキーキー暴れ出した。俺の知らない言葉を話すということは、やっぱりこの中庭には居なかった妖精だ。

「おいてめえ!!　よくも俺が大事に育てたカリヴァ草の茎をかじってくれたな!!　瓶詰めの漬け物にしてやるぞ、このっ」

『ギャーがうっぎゃー』

「あ、何言ってんだこの野郎。この中庭にはこの中庭の妖精たちのルールがあるんだよ!!　てめえ、ここで暮らしたいんだったら、それをちっせー脳みそに叩き込みな!!」

「レ、レーンったらどうしたの!!　妖精が可哀《かわい》そうよ!!」

「いいえ奥様、妖精ってのは一回締め上げないとまた悪さするんです」

「分かったわ。私がこの妖精に、ちゃんと言って聞かせるから……っ。もう放してあげて!!」

奥様が必死だったので、俺はその妖精を放す。

青い虫のような妖精は、側《そば》にあった大きなアロエの葉の陰に隠れて、ブルブル震え出してしまった。

「大丈夫よ、ねえ。こっちへいらっしゃい。ほら、お菓子をあげるわ」

奥様が妖精の方へ行って、さっき作っていた飴玉のようなものを一つ差し出す。

俺はその様子をじっと見ていた。

「ほら……いらっしゃいな。良い子だから、ね？」

奥様が優しく微笑むと、妖精は安心したのかトコトコ出て来て、飴粒を受け取る。

そして奥様の膝の上でかりかりかじり始めた。

「もうカリヴァ草の茎、かじっちゃダメよ。欲しい時は、あのレーンに頼まなきゃ」

「……まあ、薬草として使えないのもあるから、そういうのだったらあげないこともない」

「ほらね」

青い妖精はそれを聞くと、コクンと頷き、また飴粒をかじり出す。

何だかな……妖精を甘やかすつもりはなかったんだけど。

嬉しそうにしている奥様の周りに、沢山の妖精たちが集まっている。不思議な現象だ。基本的に妖精たちは人前に出てこないものなのに。

「奥様、妖精に好かれているんですね」

「旦那様にも同じことを言われたわ」

「でもそれって、凄いことですよ。奥様が居たら、うちの中庭ももっと豊かになりそうだなあ……」

「そうかしら？　それならとっても嬉しいわ」

奥様はコロコロ鈴のように笑ってから、その青い妖精を抱えて立ち上がると、庭中を軽い足取りで見て回る。ずらずらと妖精たちを引き連れて。

「……はああ……」

まるでカーニバルでも見ているようだ。

「旦那様、本当にツキが回ってきたのかもしれないなあ……」

奥様はきっと、このグラシス家に舞い降りた幸運の女神に違いない。そんな不思議な確信がある。

俺は昨年からここに雇われたから、グラシス家の以前の問題はよく知らない。それでも旦那様やサフラナのばあさんを見ていると、何となく大変だったんだなというのは理解出来る。

ここは貴族の家とはいえ、ひっそりと影を潜めた没落の一家だ。

グラシスの旦那様は力のある人なのに、家の印象のせいでいまいち日の目を見ない。旦那様もその状況に慣れて来てしまっている。

だからこそ、何かきっかけが必要だったのかもしれない。

奥様は明るく美しい、華やかで不思議な人だ。妖精に愛され、魔法の力がある。

彼女がグラシス家に何をもたらしてくれるのか、旦那様をどのように変えていくのか、今から楽しみだ。

## 5　指輪

「ねえリノ。あの後、奥様とデートだったの？」

「何いいい!!　リノ、てめえやっぱり結婚したのか!?」

朝からオリヴィアが口を滑らせたせいで、同期の七三眼鏡、クラウス・ドーナに騒がれた。

研究室は一気にドヨッとする。

「何で、てめえもう結婚なんかしないってめそめそしてたじゃねーかよ。マリーナに捨てられた時っ!!」

「ちょっ、あんた声がでかいのよ!!」

クラウスがあれこれ好き勝手言ってくれているのを、オリヴィアが抑える。

僕は面倒くさく思いながら彼を見た。

「別にめそめそなんかしてなかったぞ。……なんかもういいかなって思っただけで」

「それなのに結婚したのかてめえ!!　俺と一緒に『独身貴族でもいいや同盟』組んでたろうが!!」

「ちょっと、やめてあげてクラウス!!　リノはもう吹っ切れたんだから!!」

クラウスは本当に悔しそうにしていた。オリヴィアは人妻で余裕があるので、僕をフォローしてくれる。

そもそも研究室の魔術師たちは、引きこもって研究ばかりしている、それ故に独身が多いのだ。

僕が結婚したという話題に聞き耳を立てている者も多く、何だか恥ずかしかった。

「もうすっごい綺麗な子なのよ。びっくりするくらい。そして若い」

「くそおおおおこの裏切り者があああああ!」

「たまたまだ、たまたまそういった話があっただけで」

僕はうるさい同僚を横目にため息をつく。彼がこういった反応をするのは分かっていたから、出来るだけ言いたくなかった。

しかしうるさいクラウスのことは放っておいて、僕はオリヴィアにこそこそ尋ねる。

「そうだオリヴィア、えっとその……聞きたいことがあるんだが」

「何でもどうぞ？」

「その、前に指輪のことを話していただろう。あれは……その、どんな店で用意するのがいいんだろうか」

「どんなって……普通に装飾品のお店じゃない？」

「それはそうなんだが」

「……うちの旦那に聞いてみる？」

僕が妙に吃《ども》ってしまっていると、ちょうど昼休みのベルが鳴った。

僕たちも資料の整理を止めた。

そんな時、研究室に乱入して来た場違いな騎士が一人。

「オリヴィアさん!!　僕の麗《うるわ》しいオリヴィアさんはどこだい!!」

「ちょっと、静かにしてよジェラル!!」

オリヴィアの旦那である、ジェラル・レッドバルトが愛妻を迎えに来たのだ。彼は本当に、昼休憩が始まった直後に必ずちゃんとやってくる。

研究室の女性が皆見とれてしまう程の色男だが、当のジェラル・レッドバルトは妻のオリヴィアにぞっこんだ。結婚して随分経つが、いまだにこんな感じでお熱い。

「もう少し落ち着いた振る舞いで来てちょうだいって、いつも言っているでしょう」

「すまない。今日はワントーン、テンションを下げたつもりだったんだが」

「……明日はスリートーンくらい下げてきてちょうだい」

と、いつもこんな感じの会話で、基本的にジェラルがオリヴィアに文句を言われている。

「やあ、リノフリード!! 最近若いレディーと結婚したと噂のリノフリードじゃないか」

「……ジェラル、元気そうで何よりだ」

「おめでたいおめでたい」

ジェラルとはオリヴィアと結婚する前からの付き合いで、たまに一緒にお酒も飲みに行く。

有能で美男子で正義感の強い、何も問題のない名家の若騎士と世間では思われているが、基本的にバカである。

と言うより、バカ正直と言った方がいいかもしれない。

まあ良い奴ではある。それは誰もが知るところだ。

「結婚生活は僕の方が長いから、何か困ったことがあったら聞いてくれたまえ。記念日、プレゼント、新婚旅行、諸々の愛の営みetc.……ま、僕に答えられるのは、結局のところ女性は〝うらはら〟ってことだけだけどねっ!!　はははははは」

「……」

あ、そうだ。指輪のことを聞かねば。ぽかんとしている場合ではない。

僕はその日、レッドバルトご夫妻のラブラブランチタイムの邪魔者になって、良い店を紹介してもらった。


仕事を終えた後、さっそく紹介してもらった店に向かう。今流行のデザインから貴重な石まで幅広く取り揃えられていて、僕は何が何だか分からなかったので、とりあえずオススメをいくつか見せてもらう。

実は昨日の夜、ベルルが寝付いたのを確かめ、彼女の薬指のサイズを確認していた。

彼女の手はとても小さくて、指は細かった。

「最近の流行はアップルダイヤモンドです。赤いダイヤモンドは幸せを運ぶと言われています。エンジェルトパーズもオススメです。こちらのデザインは一点ものなので、世界に一つの指輪となります」

一点ものという言葉も効いたのだが、その淡い黄色の石なら、ベルルのか細い指にくっついていても重々しく見えない気がして、エンジェルトパーズ付きの細い金の指輪を選んだ。

ベルルはあまり流行を好む訳でもないし、個人的にもこれが気に入った。

指輪の裏に彼女の名を彫り、白い箱に入れてもらう。

これでは結婚指輪と言うより、婚約指輪である。

順番がおかしい気もするが、僕は口で結婚を申し込むことがなかった分、何か形あるものを用意したかった。

ああ。何だか今からドキドキしてきた。

別に大金を使ったせいではないはず。

これは、王宮からの援助金ではなく、ちゃんと自分のへそくりから買う。何が違うのかと問われたらよく分からないが、個人的に大事な問題だった。


「旦那様、お帰りなさい‼」

家に帰ると、ベルルが真っ先に出迎えてくれた。

「……ベルル、困ったことは何もなかったかい」

「うん‼　中庭で植物をたくさーん覚えたのよっ‼」

「そうか」

「あのね、妖精、あの悪さをする妖精を見つけたの。でも大丈夫よ。もう悪いことしないって約束したから」

「……ほお」

ベルルは今日あったことを、色々と報告してくれた。その軽やかで華やかな、明るい声で。

食事が終わってからも、僕に付いてまわって何かと話したがる。

「ほほほ、奥様はいつ坊ちゃんがお帰りになるか、何度も聞いて来るのですよ」

「サフラナ、だ、ダメよそれを言っちゃ!! 私が子供みたいじゃない」

「ほほほ。もう言ってしまいました」

眼鏡をかけ、部屋の隅の椅子で縫い物をしているサフラナ。

ベルルは頬を赤らめムッとしていたが、それも何だか可愛らしい。

「ベルル、僕はそろそろ部屋に戻るよ」

「だったら私も一緒に行く」

「……そうか」

ベルルは僕の後ろにピッタリ付いてくる。

何だか……心臓がバクバク高鳴っている。女性にプレゼントをあげたことがない訳ではないのに。

でもそれを表情に出さないのが僕だ。


「ねえ旦那様。まだお休みにはならないの?」

「ああ。少しやることがあってね。君はもう眠いかい?」

「いいえ。まだ全然。ふふ」

部屋に戻る前に、僕は中庭にやってきた。

月明かりだけだが、月光樹の周りだけは木から漏れている青白い光のおかげで、少し明るい。

これこそが月光樹と言われる所以《ゆえん》である。月光樹の葉は発光するのだ。

「わあ、素敵……月光樹が光るなんて、私知らなかったわ……」

「月光樹は月の光を浴びなければ光ることは出来ない。木の魔力が月の光に反応するんだ」

ベルルはただただ月光樹を見上げ、その大きな瞳に淡いブルーの光をたたえていた。

彼女と月光樹は、どこか絵になる。

「……ベルル、その……一つあげたいものがある」

僕は視線を逸らしがちに、懐《ふところ》から小さな箱を取り出した。

「……？」

その箱を、ベルルは不思議そうに見ていた。

僕は彼女の目の前で箱を開ける。中にあったエンジェルトパーズの指輪が、月明かりの下でキラリと輝いた。

「………」

ベルルがゆっくりと息を呑む。

僕を見たり、指輪を見たり。何度もそれを繰り返し、驚いた表情で頬を赤らめている。言葉がなかなか出てこないようだった。

「その、順番がおかしいのだが、エンゲージリングだ。……よかったら受け取ってくれ」

もっと気の利いたことが言えたらよかったのに。

これだからつまらない男と言われるんだ。

「い、いいの……？　私が貰っていいの？」

「当然だろう。僕の妻なんだから」

「旦那様……っ」

僕は指輪を箱から取り出して、彼女の左手を取った。

彼女の細い薬指に、トパーズの指輪をゆっくりはめる。

それはびっくりするくらい、彼女の白く細い手に似合っていた。

「素敵……一番素敵だわ。一番……」

「……気に入ってもらえたなら……その、よかったよ」

「旦那様……っ!!」

ベルルはわっと抱きついてきた。僕の背中に手を回し、胸に顔を埋《うず》める。

「旦那様……私、こんなに幸せでいいのかしら。バチが当たらないかしら。私なんかが、こんなに幸せで……」

「……幸せに、思ってくれるのか」

「幸せだわ。旦那様が私の旦那様で、本当に幸せ……ありがとう旦那様。私、嬉しくて死んでしまいそうよ」

「……死んだら、僕が困る」

彼女がこんなに喜んでくれて、僕は素直に嬉しいと思った。

こんなに素直で可愛らしい人を、今まで誰も、あの地下牢から連れ出そうとはしなかったのだ。

誰もが彼女を見て、恐ろしいと、醜いと言った。

僕は躊躇《ためら》いがちに、彼女を抱きしめる。繊細な細い肩を、優しく。

「ねえ、旦那様……私も旦那様の良い奥さんになれるように、色々と頑張るわ」

ベルルはひょこっと顔を上げて、その大きな瞳を僕に向けた。

「私ばかり、こんなによくしてもらって、幸せを貰ってばかりだもの」

「……あまり無茶はしなくていいんだよ。君はまだ、この地上に慣れてすらいないんだから。毎日、楽しいことをやっていけばいいんだ」

「ふふ……旦那様の側《そば》に居られれば、それで楽しい。それで……幸せ。私にもまだ、こんな幸せなことが、残されていたのね」

「……」

僕もそうだ。

僕と居て、幸せと思ってくれる人が、まだこの世界に居てくれるとは思っていなかった。

ベルルは泣いていた。

嬉しくて泣いてくれていたのなら、僕はただ彼女を抱きしめるしかない。

黒い髪の頭を撫で、彼女が安心するまで。

## 6　弁当

ベルルとの生活にも慣れて来た今日この頃。

グラシス家は彼女が来たことで、随分明るい雰囲気になっていた。

サフラナは料理にいつも以上に精を出すようになったし、レーンも愉快そうに庭仕事をしている。

サフラナの旦那のハーガスも、畑仕事中に時折口笛を吹いたりしている。

暗い空気がいつも漂っていたグラシス家だが、一人の娘がいるだけでこうも雰囲気が変わるのかと不思議に思ったものだ。


「ねえ、サフラナ。奥様っていったい何をすればいいの？」

「奥様は普通、旦那様を支えるのが役目です」

「支えるって？」

「お客様のお相手をしたり、もてなしたり。お呼ばれした食事会やパーティーにご出席なさったり」

「……」

「しかしそうですね。我が家にお客はほとんどいらっしゃいませんしね。リノ坊ちゃんがあれですから」

「……私、もっと旦那様の役に立ちたいの」

「聞きましたか坊ちゃん!!　このいじらしい言葉を!!」

サフラナはわざとらしく僕に言う。

ええ。聞いていますよ勿論。

僕は新聞を読むのを止め、サフラナと話しているベルルを見た。

「君は、好きなことを好きなようにしていればいいんだ。世の中の貴族の奥様方がどれだけ娯楽に金を注《つ》ぎ込み、身を着飾っているか。流石に一人で王都に行ったりされると困るが、どこか行きたい場所や欲しいものがあったら、サフラナやハーガスに連れて行ってもらって、買うといい」

「ううん。私、今あるもので十分」

彼女が自分から何が欲しいと言うことはあまりない。僕が何か買って来ると、いつも驚く程喜ぶのだが。

「でも、何も出来ないから、何か出来るようになりたいな。サフラナのようにお料理や縫い物が出来たらいいのだけど」

「まあま、奥様はそのようなお仕事、しなくてよいのですよ」

「……でも」

「おほほほ、しかし簡単なことでしたら、私が教えて差し上げましょうか」

「本当、サフラナ!!」

ベルルはパッと顔を明るくさせた。

僕は新聞の隙間からチラチラその様子を窺っていた。

「ねえ、旦那様。……その、もし私がお料理を作れるようになったら、食べてくれる?」

小走りで僕の目の前にやって来たベルル。

僕はその言葉に内心冷静ではいられなかったが、いつものように振る舞う。

「ん?　ああ、勿論だとも」

「本当!?　私、旦那様に美味しいって言ってもらえるように、頑張るわ!!」

ベルルは両手をグッと握りしめ、張り切っている。

手料理か……悪くないな。


「おい、レーン。良い肥料を貰ったから、ちょっと試しておいてくれ」

「はいはい。そこに置いといてください」

レーンが木の葉を刈り込んで整えているところに、僕は研究室が新たに開発した肥料を持っていった。

植物園でも使う予定のものだ。試しにここでも使ってみたい。

「今からお勤めですか？」

「ああ……またベルルが中庭に来たら、様子を見てやってくれ」

「はいはーい」

レーンの返事は軽いが、ちゃんとやってくれると分かっている。

彼は若くとも、仕事の出来る子だ。

「あ、旦那様旦那様、奥様の魔法見ました？」

「……え？」

「なんかこの前、ここの薬草を、魔法式なしで調剤してたんですよ。当然薬にはなりませんでしたが、妖精たちのおやつにはなりました」

「ああ。……そう言えばベルルがそんなことを言っていたな」

「奥様っていったい何者なんですか？」

当然、本当のことは言えない。

特にレーンは無駄に勘がよく、無駄に賢いから。

「奥様は魔女なんですか⁉」

「え、ああ。……まあ、魔術師の家系のお嬢さんだ」

間違っちゃいない。多分、間違っちゃいない。

「ベルルは特別魔力が強いんだ。学校で魔法を習っていた訳じゃないから使える魔法は限られているが」

「そうなんですか。よくまあ、ベルル様のご両親はこんな没落貴族の家にそんな有望そうなお嬢様を嫁がせたもんだ。あ、もしかして何か裏取引とかあるんですか？　訳ありとか条件とか」

「おい、もういい。お前はもう何も考えるな」

庭師のくせに生意気だな。

レーンはまだぶつぶつ言っていたが、これ以上こいつと話していたら、うっかりバレてしまいそうだ。僕は逃げるように、中庭を去った。


「旦那様、ねえ旦那様!!　これ、持っていって!!」

王宮への出勤前のこと。制服の白いローブを羽織って館を出ようとした時、ベルルが慌てて何かを持って来た。

それは、小さなバスケットだった。

「……？」

「さっきね、サフラナと一緒に作ったのよ!!」

「何だい？」

「お弁当!!」

ベルルは浮かれた様子で、僕にそれを手渡した。

驚いた。もう何か作ったというのか。

「でもサンドウィッチだから、切って塗って挟むだけなの。とてもお料理とは言えないけれど……」

「い、いや……立派な進歩だ。そうに違いない。……うん、ありがとう」

「ふふ、お昼に食べてね。美味しいといいな」

くそっ……嬉しいじゃないか。こみ上げてくるものがある。

サフラナが少し遠くから見ている。新妻の愛妻弁当ほど嬉しいものはないでしょう？　と言いたげに瞳を細め、ニヤニヤして見ている。

それから僕は馬車に乗って、王宮へ向かっていつものように出発する。

ベルルもいつものように、僕の馬車が見えなくなるまで丘の上から手を振っていた。


「はあ……なんでこんなことになったんだ。灰色の人生まっしぐらだったリノが、なんでこんな……」

「嫉妬するくらいならお前も結婚すればいいじゃないか」

同僚のクラウスが隣の席から僕のバスケットを恨めしく見ている。彼のお昼は……店で買ったパンだ。

「結婚なんて面倒じゃないか。どうせ女は金と将来性が全てなのさ」

「捻《ひね》くれてるなあ」

「お前だって婚約者に捨てられてから、何かもう本当に冴《さ》えない人生だったじゃないか。オレと同じだったじゃないかっ‼」

「……」

クラウスがつらつら並べ立てる言葉はさて置き、ベルルが作ってくれたサンドウィッチを食べる。ハムとチーズ、トマトとレタスの、どこにでもある定番の味。当然、いつもサフラナが作ってくれるものと変わらない味だ。

しかしどこか、いつもより味わって食べる自分が居る。あのベルルが作ってくれたのかと思うと、よく頑張ったなと目頭《めがしら》が熱くなってくる。

「くそうっ！　幸せそうな顔をしやがって！　死ね‼」

「な、何なんだお前は。結婚は面倒だとか、女は所詮とか、文句ばかり言っているくせに」

更にもう一つサンドウィッチを手に取って食べる。

お、うちの庭で採れた林檎《りんご》のジャムを挟んでいる。甘酸っぱくて美味い。

クラウスは文句を言いながら机に頭をぶつけ、その勢いで眼鏡が吹っ飛んだ。

どんだけなんだ、全く。

こいつは学生の頃から落ち着きがない。七三眼鏡という優等生なルックスのくせに、めちゃくちゃ騒がしい。

こうして僕たちが研究室の窓際で、窓際族らしく窓際ランチタイムをとっていると、外で昼食を取っていた他のメンバーがドッと帰って来た。何だかとても慌ただしい。

オリヴィアも旦那とのランチタイムを切り上げ、帰って来たようだった。

「おい、何事だ？」

「どうもこうも、第二研究室が実験していた、新しい魔法結晶があるでしょう？　あれの魔法式が大幅に間違っていたらしくて、今からうちの研究室も総出で魔法式を書き直さなくちゃならないのよ。急がないとここ二年の研究がパーになるわ」

「うわっ、マジで？」

「なんでそんなことに……」

クラウスは青ざめ、僕は眉をひそめた。

「第二研究室って一年前に内部分裂があって、今の研究の初期メンバーが何人か居なくなったでしょう？　あれのせいよきっと」

僕たち第三研究室は主に、医療用魔法薬の研究をしているが、第二研究室は魔法結晶の研究室だ。

魔法結晶とは、魔力や魔法式を内蔵する媒体のことで、あらゆることに利用できる。今研究しているのは、数年前に発見された鉱物による巨大魔法結晶だったはずだ。これは軍事用の魔法結晶で、多くの魔法式を内蔵している。それの一部が間違っていて、そこからあれよあれよと計算がずれていったらしい。

二日で修正出来れば問題ないらしいが、その為には僕たち第三研究室の力を借りたいと、向こうの室長が泣きついて来たとか。

「二日は帰れないわね」

「……マジで」

クラウスのげっそり顔。それに負けず劣らずの、僕の青ざめた顔。

予期せぬ事態だ。今日明日はうちへ帰ることが出来ないらしい。

じわじわとこみ上げてくる謎の絶望感は、何だろうな。

◆◆◆

その日の忙しさったらなかった。

徹夜して魔法式を計算計算、また計算の繰り返しで、頭がどうにかなりそうだ。

こちとら魔法結晶の専門じゃないというのに。

「リノ、あんた少し休みなさいよ」

「いやでも、ここまではやっときたい」

そこらで研究員たちが仮眠を取っている。

オリヴィアもついさっきまで二時間程の仮眠を取っていた。

朝日が窓から差し込んできて、非常に眩しい。

「うあああっ!!　もう嫌だもう死ぬ!!」

昨晩から鬼のごとく魔法式を書いていたクラウスが、ついに音を上げた。

「死ぬ!!　寝る!!」

「うるっさいわね～。さっさと仮眠取ってくればいいでしょう。言っとくけど二時間で起きて来なさいよね」

オリヴィアがうるさそうにつっこんだ。

「うっせー分かってるタコが!!」

クラウスはデスクから立ち上がると、ズカズカと仮眠室に直行。徹夜の作業になると、クラウスはだいたい機嫌が悪い。オリヴィアはもう慣れているだろうけれど。

「あいつ……寝てる間に眼鏡粉砕しとこうかしら」

「やめとけよ。一応この研究室で一番早く魔法式を組み立てられるのはあいつだからな。眼鏡がなくて何も出来なくなったら正直困る」

「リミットがあるからね」

彼女は寝起きの髪をクルクルと、髪留めでまとめる。

「ほらあんたも少し寝ておきなさいよ。チェックは私がしとくから」

「……頼む」

「せっかくの新婚なのに、早々にこんなことになっちゃって、あんたもついてないわね。相変わらず」

オリヴィアの意味深な視線。僕は小さくため息をついた。

ベルルは今どうしているだろうか。ちゃんと一人で寝たんだろうか。

ちゃんと食べただろうか。

そう言えば、あの子がうちに来て、夜に留守をしたことはなかったな……

せっかくの仮眠の間も、そのことばかりが気になって、僕はうなされていた。

「……旦那様……旦那様っ!!」

聞き覚えのある、高い声。

仮眠室の端のベッドで意識を曖昧にさせていたら、徐々に聞こえて来たのだ。僕も相当疲れてるんだな。

「旦那様!!」

「……え」

いやいやいや、気のせいではない。

目を開けると、よく知った顔が僕を覗き込んでいる。

「わあああっ、ベルル!?」

「そうよ……旦那様っ！」

ふふふと、目を細め笑うベルルが、なぜかこの仮眠室に居た。

「あ、リノ起きた？　ベルルさんが荷物やら差し入れやら持って来てくれたわよ」

「……？」

よく見ると他の研究員たちにも、奥さんや召使いやら、荷物や弁当を届けに来てくれている人が居る。ちょうどお昼前のようだ。

「ベルル……来てくれたのか？」

「うん。旦那様がお仕事で大変だと聞いて、サフラナが連れて来てくれたの。あ、サフラナは馬車で待ってるんだけど」

ベルルは僕にバスケットを手渡した。

その中には、新鮮な林檎《りんご》ジュースのボトルと、チーズ、ツナ、玉子とトマトを挟んで焼いたホットサンドが入っていた。

「旦那様がお仕事で大変だから、私も何か出来ないかと思って。ね、昨日は普通のサンドウィッチだったけど、今日はホットサンドなのよっ!!　……と言っても、サフラナと一緒に作ったんだけど……」

「……ベルル」

言葉の最後の方がゴニョゴニョとしていたけれど、彼女が僕の為に何かしようとしてくれたということが、じわじわと心に染みて嬉しかった。

疲れや眠気が一気に吹っ飛ぶとは、恐ろしい。

「ちょうどお昼時だし、あんた食べておいでよ。ベルルさんと庭にでも行って来たら？」

「……ああ。すまないなオリヴィア」

「あんた昨晩、沢山計算やってくれたから、いいわよ」

オリヴィアの気遣いに感謝だ。

どこからかクラウスの「憎し」と言わんばかりの視線を感じるが、無視した。

研究室の側《そば》には、植物園程の数ではないが、研究対象の植物を植えている庭がある。緑が多く、よくランチタイムに利用されるのだが、今日は研究室のローテーションがいつもと違うこともあり、人が少なかった。

「ベルル、昨晩は帰れなくてすまなかったね。大丈夫だったかい？」

「……え？」

「あ、いや……その」

寂しくなかったかいと聞くのは、自意識過剰だろうか。

僕が口ごもっていると、ベルルは少し視線を落とした。

「寝られなかった……」

「……ん？」

「旦那様が居なかったから、寝られなかったわ」

「ベルル……だったら今日は寝ていないのかい？」

「だってベッドが広くて、冷たいもの!!」

ベルルは僕の腕を取って、ぎゅっと体を押し付けた。

食べていたホットサンドを噴き出しそうになったが、そんな勿体ないことは出来ないので何とか呑み込む。

「べ、ベルル……っ」

「旦那様の腕だわ。私、旦那様の腕がないと寝られないのよ」

「僕の腕は抱き枕かい……」

確かに、朝方目を覚ますと、いつの間にかベルルが僕の腕を掴んで眠っていることがある。

「ねえ、お弁当美味しい？」

「……あ、ああ。美味《うま》いよ」

「昨日のとどっちが美味しい？」

「……両方とも、良く出来ていたよ。初めてとは思えない」

まあ……言ってもサンドウィッチなんですけどね。

でもベルルは「わーい」と両手を広げ、嬉しそうだ。

「私ね、サフラナに筋が良いって言われたの!!」

「うんうん」

「もっと頑張って、頑張って、お料理出来るようになるわ‼　旦那様の好きなお料理、全部覚えるの。サフラナも教えてくれるって」

「うんうん。ベルルはがんばり屋だな」

「植物も色々と覚えたのよ。今朝も中庭に行って来たもの」

「偉いぞ」

「……ふふ」

ナプキンで手を拭いて、彼女の頭をポンポンと撫でた。

するとベルルは嬉しそうに肩を上げ、目を細めて笑う。

多分彼女は、僕に褒められたいのだ。

「旦那様、いつお帰りになるの？」

「……明日の晩には帰れるといいんだが。でも明後日には必ず帰るとも」

「そう……でも私、ちゃんと待ってるわ。寂しいけど、旦那様のお仕事だもの。今晩はお布団にくるまって寝る……」

「……ベルル」

ごめんよ、僕がマッハで魔法式を解いて帰るからね。

大人しく待っていてくれ。

昼食を食べ終わって戻る途中、研究棟の通路でベルルは急に立ち止まった。

彼女は壁に掛けられている絵をじっと見ている。

「ああ、リーズオリア王家の方々の絵だ。前王の時代に描かれたものだから、今の方々と風貌は違うし、何人か亡くなっていらっしゃるけど」

「……」

ベルルはその大きな瞳を見開いて、まっすぐに絵を見ている。何か気になることでもあるのだろうか。

「……ベルル？」

彼女は少し俯《うつむ》いて、心ここにあらずという感じだった。胸元で僕の贈ったトパーズの指輪を押さえ、今にも泣きそうな表情だ。

「どうしたベルル。具合でも悪いのか？」

「……お……王様が……」

彼女はそれだけ言うと、何度も首を振って、僕の袖をぎゅっと握った。

その様子はとても大丈夫そうには見えず、僕は心配になる。

「とりあえず、馬車に戻ろう」

彼女の肩を抱いて、外に待たせている馬車までベルルを連れて行った。

「まあ奥様、いったいどうしたのです。お顔が真っ青ですよ」

サフラナはベルルを見て、すぐに様子がおかしいと気がついたようだった。まあまあと言いながら、彼女を馬車に乗せようとする。

しかし彼女は僕の腕を掴んだまま、ピタリとくっついて離れない。

「ベルル……さっきからどうしたんだい？」

「……ううん」

何度も首を振って、何も言ってくれない。唇はぎゅっと閉じられていて、ひしと僕にしがみついている。まるで子供のようだ。

「こ、こらベルル……」

「奥様、旦那様はお仕事がございます。すぐに帰ってこられますから、ひとまずお屋敷に戻りましょう？　ね？　美味しい焼き菓子を作って差し上げますよ。なあに、このサフラナが居るのです。寂しいことなんて何もありませんよ」

サフラナは柔らかい口調で、ゆっくりとベルルを馬車に促した。

ベルルはその後もしばらく僕の服の袖を掴んでいたけれど、やがて大人しく従う。

いったいどうしたんだろう。さっきまであんなに素直に、僕の帰りを待つと言っていたのに。

ベルルの不安そうな瞳が、馬車の中から僕を見ている。

「だ、大丈夫だベルル。仕事が終わったら、すぐに帰るから……な？」

「……うん」

なんてか細い声なんだ。

何度もコクンと頷く様子は、まるでそうすることで自分に言い聞かせているみたいで可哀想だ。

馬車が遠くへ行ってしまうまで、僕は見送っていた。

その後、急いで研究室に帰り、仕事を早く終わらせる為に並々ならぬ気迫で励んだ。

周りの研究員は「奥さんパワーか」と噂するが、それは確かに間違いでもなく。

ただ僕はベルルのことで気が気じゃなくて、どうしようもなく仕事に励んだ。

◆◆◆

いったいベルルはどうしてしまったというのか。

僕は気になって気になって、気になった分、作業がはかどった。

普通、逆じゃないかと言われることがあるが、僕は気になることがあればある程作業に没頭出来るタイプだ。

休憩も取らず魔法式を解く僕の姿に、だんだんと研究室のメンツも心配し始めているらしい。

「おい、どうしたリノ。昼間に若奥さんが来てからずっとこんな調子だぞ。水も飲んでねえ。奥さんパワーって言っても、限度ってものがあるぞ」

「これは良くない没頭の仕方ね……」

クラウスとオリヴィアは、ぼんやりしながらも作業を続ける僕から、魔法式を解くのに使う短い杖を取り上げた。そして先ほど売店で買って来たのであろう蒸しパンとコーヒーを手渡し、研究室から追い出す。

「おい、ちょっと何だ……急いでやらないといけないのに！」

「いいから、そこのソファーで座って食べてなさい。二〇分後に開けてあげるから」

そう言って閉め出されてしまった。

仕方がないのでオリヴィアに言われるまま、素直に廊下のソファーに座り込んで、紙袋に入った蒸しパンを取り出してみる。

でも食欲が微妙になくて、コーヒーだけ飲んだ。

「おやおや、リノフリードじゃないか。お疲れだね」

虚ろな表情のまま、その溌剌《はつらつ》とした声の方を向くと、そこには大量の紙袋を持ったジェラル・レッドバルトがいた。

爽やかな笑顔だ。この男はどんな時でもキラキラしていて、研究室のどんより魔術師とは真逆の華やかな存在と言える。

「……オリヴィアに用か？」

「第三研究室の頑張る諸君に、差し入れを持って来たのだ。王宮のカフェで人気のスイーツを買い占めてしまった。アハハハ」

王宮には市民にも開放されたカフェやレストランがあり、その中でも最近リニューアルしたカフェのスイーツがやたらと人気だ。

「この時間によく残っていたな」

「残っていた分を買い占めて来たのだ。色々あるぞ。リノフリードは甘いものは好きかね？」

「……いや、嫌いでもないが、蒸しパンもコーヒーもあるし……それに食欲がない」

「何、どうした。お前がそんな風に悩んでいても良いことはない。以前、婚約者に去られてしまった時、どれ程尾を引いたか」

笑顔でさらっと、僕の痛い部分を突く。

彼は悪気がある訳ではなく、単に空気が読めないだけだ。オリヴィアもよくこのことを怒っているが。

「新婚の悩みか？」

「……凄いな。大当たりだ」

「よくある話だ!!」

彼は親指を立て、ウインク。

僕とほぼ同期の、歳の近い男だが、どんな時でもぶれの無い明るさを持っている羨ましい人種だ。

「奥方が不安定に？　急に？」

「……ああ。さっきまでしっかりしていたかと思うと、王家団欒《だんらん》の絵を見て急に不安そうにしたり。よく分からないよ」

「それはあれだぞ。ホームシックだ!!」

ジェラルは断言した。

「……ホームシック？」

「そうとも。元気よく嫁いで来ても、お嬢さんというものは実家が恋しくなることがある。ましてや、君のところの奥方は君より十歳も年下だ。母上が恋しかったりするだろう……きっと王家の絵を見て、実家の団欒を思い浮かべたに違いない」

「実家……」

「そういう時は、無理せず、少しの間実家に帰してあげてもいいだろう。まあ、うちのオリヴィアさんはホームシックなんて全くなかったんだけど」

実家って……ベルルの実家は滅びました。彼女は旧魔王の娘です。

なんて口が裂けても言えないが。いやはや、どうしたことか。

「後は二人で楽しい所へ行くとかね。環境の違う所に行くことで、愛が深まることもある。……お互い触れてこなかったことを語らうのだよ」

「……はあ」

「まあ僕ら夫婦に隠しごとなんてなかったけどね。常日頃オリヴィアさんは素直だし。レッドバルト家にもよく馴染んでいるし」

「お前のとこの夫婦関係はなかなか理想的だろう。みんなそう言っている。レッドバルト伯爵や奥様は、今でもオリヴィアが働くことを快く許していると聞くし」

「彼女は優秀だからな。今は女性も働く時代だし」

男二人ソファーに並んで、差し入れに持って来ていたはずのスイーツをむさぼりつつ語る。

何ともシュールである。コーヒーより無糖の紅茶が欲しいところだ。

「あ、そうだ。週末の連休があるだろう。その時うちの別荘を貸してあげよう。そうしよう」

「……はい？」

「レッドバルト家の私有地であるウェスタの森に、別荘があるのだ。別荘と言っても小さなものだが。今の時期なら誰も使っていないし、休みの間好きに使うといい。静かな場所で、二人きりで語らうのだ。ちょうど紅葉が綺麗だぞ」

「……いや、流石にそこまでしてもらうのは」

「遠慮は要らない。なに、小さな別荘だが、手入れはされている。保存食も多く置いてあるから、持っていくものなんて三日分のパンとチーズさえあればいい。使用人の居ない二人きりの慎ましやかな生活をしてみるのだ!!　これこそ、君たち夫婦が困難を乗り越える為の最初のプロジェクトッ!!」

僕をビシッと指さし、大げさに断言するジェラル。

この男の、この無駄に熱い、無駄に押し切る勢いに、きっとオリヴィアは負けたんだろうなと思う。

他人事でこれだけ熱弁出来るところは見習うべきだ。

色々考えたが、やはりジェラルの言う通り、レッドバルトの別荘を借りることにした。


結局魔法式を解き直す作業は、この次の日の夜に終わった。ほとんどの者は〝頑張った踏ん張った飲み会〟という謎の宴会に行ったが、僕はベルルのことが気になってすぐに帰宅した。

「まあ坊ちゃん、お疲れさまです」

「サフラナ、ベルルの様子はどうだ？」

「それが、坊ちゃんの研究室へ行ってからというもの、すっかり元気がありません。小食なのは前からですけれど、今日はスープしか口にしなくて……どこか具合が悪いのでしょうか。お医者様に見てもらった方がよいのではないですか？」

「ベルルは今どこに？」

「寝室で寝ておられます」

僕は急いで寝室へ向かう。ベルルが一人で寝ているのだと思うと、居ても立ってもいられなかった。

「ベルル」

ドアを開け、部屋の中を覗くと、ベッドの上に布団の塊が。

少しギョッとする。

「い、芋虫か……」

ベルルは布団にくるまって丸くなっていた。

寝ているか起きているのか、確かめる為に側《そば》に行って、声をかける。

「……ベルル、起きているか？」

すると、もぞもぞと布団が動き、ベルルがひょっこりと顔を出した。潜り込んでいたからか、ほんのり顔が赤い。

「だ、旦那様……？」

彼女は僕を見ると、布団を投げ捨て、僕の腰に腕を回してぎゅっとしがみつく。

「うう～……旦那様ぁ～……っ」

「い、痛い痛い……」

ベルルは渾身《こんしん》の力で僕にしがみつき、まったく離れようとしない。まあ彼女の渾身の力と言っても、大したことはないのだが。

「そんな薄い寝巻き一枚じゃ、風邪をひくぞ」

「……旦那様が居ないと、どうせ寒くて寝られないもの……っ」

「お気に入りのぬいぐるみがないと寝られない子供みたいなことを言うな、君は……」

仕方がないので、側《そば》に投げ捨てられた布団を引き寄せ、彼女の肩にかけた。

布団の上から彼女の細い腰を引き寄せ、背中をさする。

「何がそんなに不安なのか、僕には分からないが……明後日からは連休だ。そしたら一緒に、少し遠出しないか？」

「……一緒に？」

「ああ。二人で、町外れの森へ行こう。今はちょうど紅葉が美しいらしいから。知り合いが別荘を貸してくれたんだ」

「……」

さっきまで顔をくしゃくしゃにしていたベルルが、ジワジワと表情に輝きを戻し始める。

「た、楽しい……？」

「勿論だとも。二日間だけだが、二人だけで生活してみよう。そして……」

僕はゴホンと咳払いした。少し照れくさい。

「……い、色々語り合おう」

ベルルはそんな僕を見つめ、頬を赤らめにこりと笑うと、「うん!!」と大きく頷いた。

そしてベッドの上で膝を立て、僕の肩に手を乗せると、軽く額に口づけた。

あまりに突然だったから、僕はポカンとしてしまって、それからだんだんと赤面していく。

「旦那様、大好き!!」

彼女はそう言うと、そのまま僕の頭をぎゅっと抱きしめる。

え――……この柔らかさは、いろんな意味で反則である。

そして、ベルルが僕を好きと言ったのは、これが初めてだった気がする。

視線を上げると、そこには美しいベルルの顔が。

この少女が僕の妻なのだと、改めて意識した。


『大好きよ、リノ……』


かつて、そう言っておきながら、僕から去った女性の声が脳内を通り過ぎていった。

言葉の不確かさを僕は知っているはずだが、ベルルの言葉が嬉しくないはずもなく。

それがたとえ、まだ男女の〝好き〟ではなかったとしても。

「はあ～……」

「……どうした、ベルル」

「旦那様が帰って来て、安心したらお腹空いちゃった」

腹を押さえ、眉を八の字にするベルル。

僕はふっと笑みをこぼした。

「サフラナが、君が雀《すずめ》の涙程しか食べなかったと心配していたぞ」

「……だって、本当に入らなかったの。……でも不思議ね、今なら食べられそう……」

「仕方がないな、君は」

「へへ……」

僕とベルルは、共に居間へ向かった。サフラナに言えば、喜んで何か作ってくれるだろう。

安心したせいか、僕も腹が減ってきた。

## 7 別荘

「行ってらっしゃいませ、旦那様、奥様」

サフラナは僕らに大きなライ麦パンとチーズ、それに昼食分の弁当を持たせてくれた。他にも色々と持っていけと言われたが、僕は大丈夫だと断った。

「坊ちゃん、一つよろしいですか？」

「……何だサフラナ」

サフラナは少し口調を強めてこう続けた。

「坊ちゃんは気の穏やかなのが良いところでもありますが、少々ぼんやりしたところもございます。ええ、私はそこを責めている訳ではありませんけれどね。しかし知らない土地では、奥様をしっかりお守りする為に、気を引き締めておいてくださいましね」

「……わ、分かってる、そのくらい」

「それと……」

サフラナはゴホンと咳払いをする。

「ベルル様は確かにあなた様の奥様ですが、まだお若いですし、無垢なところがございます。その場の勢いに身を任せ、奥様のお心を傷つけることはなさいませんように」

「な、何言ってるんだお前。そんなこと、分かっているとも」

「それならよろしいのです」

彼女はそう言うと、ニコリと微笑んで手を振る。

「では、楽しんで来てくださいませ。奥様も、旦那様と楽しい時間を過ごして来てくださいね」

「うん!!」

ベルルは馬車の中でバスケットを膝に抱え、ワクワクした様子で大きく頷いた。


ウェスタの森は、あのレッドバルトの私有地というだけあってよく整えられていて、彼の言う通り紅葉が美しかった。

別荘は、確かにあの一族のものにしては小さいが、僕としてはちょうどいいなと思った。

「おお、本当に綺麗に手入れされているんだな。流石はレッドバルトの別荘」

「オリヴィアさんの別荘?」

「ああ……詳しく言えば、その旦那さんの家の別荘だな」

ベッドのシーツも清潔で、保存食も豊富にあるようだった。缶詰が多いが、パンとチーズは持ってきてることだし、なんら問題はないだろう。

日射しも心地よい、穏やかな秋晴れ。

ベルルは茶色の生地《きじ》に黄色いリボンが縫い込まれた新しいワンピースを着て、森に出ても良い丈夫なブーツを履いていた。服に合った帽子もかぶっている。

「……森に行ってみるか？」

「うん!!」

ベルルは張り切って、バスケットの中にサフラナが用意してくれた弁当と林檎《りんご》ジュースの細い瓶を二本詰め込んだ。


赤、オレンジ、黄色のグラデーションが森を彩《いろど》る。

静かな小道はその落ち葉で敷き詰められ、歩く度にカサカサと音がする。

ベルルは新しいブーツでそれを踏みしめ、秋の音や色合いを楽しんでいるようだった。

「綺麗ね、旦那様!!　私黄色って大好き。見ているだけで温かいわ」

「それで、今日は黄色のリボンを付けているのかい？」

「そう。ふふ、私も落ち葉みたいでしょう？」

軽やかな足取りで、舞い落ちる落ち葉のようにあちこちを見て回っている。

彼女はふと、高い木々を見上げた。

「ねえ旦那様、良い匂いがするわ。甘い……」

「ああ、キンコウ樹《じゅ》だろう。オレンジ色の花と果実を付けるんだ。この時期はよく森や山に野生のキンコウ樹が……」

「あ、あれでしょう!!」

彼女は匂いを辿って、すぐにその樹を見つけた。凄いな……

「ねえ旦那様、ここでお昼にしましょうよ」

「あ、ああ、そうだな」

ベルルはバスケットの中から薄い布を取り出し、それを広げた。

誰もいない静かな森の中、キンコウ樹の香りの下でランチタイムか。

サフラナが用意してくれていた弁当は、庭で採れたカボチャを潰し、鳥肉のミンチとクリームソースを絡めてパン粉で揚げたコロッケを、丸いパンに挟んだものだった。これはサフラナの得意料理の一つでもあった。

「これを食べると秋って感じがするな」

「そうなの？」

ぱくりとコロッケパンにかぶりついたベルルは、口をもぐもぐさせながら「!!」と瞳を大きくする。

「美味しい!!」

「だろう。僕は小さい頃から、これが好きでね。サフラナがよく作ってくれていたんだ。サフラナ自身は、こんな庶民の食べ物なんて、と言っていたけれどね」

僕もそのパンを一口かじって、いつもと変わらない味に頷く。カボチャの甘みの、優しい素朴な味だ。冷めていても美味しい。

「まあ、鳥よ旦那様」

側《そば》に美しい鳥が降りて来て、ツンツン鳴いている。

「ああ……」

青とオレンジ色の羽を持った鳥だ。

ベルルがそっと手を伸ばすと、驚いたことにその小鳥は側《そば》に寄って来た。

僕なら絶対無理だ。ベルルは色々な生物に好かれる体質なんだな。

「まあ可愛い!!」

ベルルがパッと笑顔になって、その鳥の背に注目していた。

よく見ると鳥の背に小さな妖精が乗っている。

「妖精が宿っているな、この小鳥」

「本当だわ。ならきっとこの小鳥は長生きね」

妖精が宿った生物や植物は、その恩恵により長命だと言われている。

ベルルはパンをバスケットの中に置いて布巾《ふきん》で手を拭くと、立ち上がってキンコウ樹の果実をもいだ。

「ベルル、その実をこの妖精にあげるのか？」

「ううん。ちょっと魔法をかけるの」

ベルルはキンコウ樹の果実を指で二度程つついた。

するとキンコウ樹の果実が宙を舞って、クルクルと細かく分解され、オレンジ色の小さな粒になる。

それらはキラキラぽろぽろと地面にこぼれ落ちた。

妖精は大層喜んで跳び上がり、それらの粒を集め始める。

「はあ……それが君の、調剤魔法か？　前にレーンから聞いていたが……」

「旦那様がやっていたのを真似してみただけよ」

真似しただけって、魔法式も書かないでこんなことができるなんて、この子は……

「でも私のはお薬にはならないの。何をしても、妖精のおやつにしかならなくて」

「いや……それだけでも例のないことだ。学会に発表したら大騒ぎになりそうなものを……しかしこれは内緒にしていた方がいいだろうな、うん」

きっとベルルが魔王の娘だから出来る芸当なのだ。僕はそう納得するに止《とど》めた。

森中の妖精たちが、先ほどベルルが作ったオレンジ色の何かにわらわらと群がっている。

これらの粒は妖精にとって、いったい何なのだろうか。

昼食の後、僕らは更に森の奥へ向かった。

「わあ、見て旦那様!! 泉があるわ!!」

「ああ、鹿が水を飲んでいる」

「本当だわ」

ベルルは対岸で水を飲んでいる鹿の親子を見ようと、泉の端から身を乗り出した。

一瞬ひやりとする。これは……落ちるっ!!

「あ、あわわわわっ!!」

「ほらやっぱり!!」

僕はベルルの腰をグッと引いて、そのまま後ろに倒れた。

まあ泉にボチャンよりよほどいい。

ベルルは僕の上に覆い被さるように倒れたので、僕は彼女の下敷きとなったが、クッションの役割を果たせたのならそれで充分だ。

「あ、あわあああ、旦那様ごめんなさいっ!!」

「……軽いな」

ベルルが慌てて起き上がろうとする。

「へ?」

「ベルル……君は本当に軽いな。全然重くないぞ」

ポツリと呟く。彼女は本当に軽かった。

ベルルは目をパチパチとさせていたが、またパタンと僕の上に倒れ込む。

「べ、ベルル？」

「旦那様、風が気持ちいいわね」

生温《なまぬる》い風。ベルルの心もとない体温を感じる。

柔らかい落ち葉の上で、僕らは沈黙の時間を過ごした。

「頭を撫でて……旦那様」

「……え、あ……はい」

なぜか敬語。

言われるがままに、彼女の黒髪を撫でる。

柔らかな長い巻き毛が腕に絡み付いて、妙な感じだ。

しばらく空を見上げたまま彼女の頭を撫でていたが、どうにもベルルが大人しいのでちょっと顔を見てみると、やはり……

「寝てる……」

僕を敷き布団にして寝ている。

全く……本当に無邪気と言うか無防備と言うか。

午後の昼下がり。天気は良好。気温も暖かく、日差しは柔らかい黄色。

ベルルの好きな色だ。

僕は彼女を背負い、バスケットを持って別荘に戻った。

◆◆◆

数日前、僕が仕事で家に帰ることが出来なかった時、ベルルはあまり寝られなかったと言っていた。

だから今はこの静かな場所で、心安らかにぐっすり眠ってほしい。

ベルルは白いシーツの、いつもとは違うベッドで、布団に埋《うず》もれるように昼寝をしていた。

ここレッドバルト家の別荘には多くの部屋があったが、基本的に居間と台所と寝室だけを使わせてもらっている。

僕はベルルが起きるまで、ベッドの側《そば》のソファーで読書をすることにした。寝室に多くの面白そうな本があったのだ。

レッドバルト伯爵の趣味なのか、そこには妖精や、魔獣に関する本も置かれていた。歴代の魔王の記録本もある。

特にこの魔王に関する本は貴重だ。この国は十二年前の魔王討伐以降、魔王に関する本の流通を制限しているからだ。

この世界には、途切れることなく魔王という者が存在する。

旧魔王が討伐された後も、すぐに新しい魔王が即位した。魔王討伐に参加していた偉大な魔術師が継いだのだ。

さて、魔王とはいったい何なのか。

それは、この人間界と魔界を繋ぐ門の管理人である。

この別荘にあった古い本にはそう書かれていた。

そのくらいなら、僕だって知っている。学校で習う内容だ。

〝世界は東の最果てで、一度折り返す〟

これは、この世界に伝わる神話の、決まり文句のような言葉だ。

しかしこの言葉の意味を正確に理解している者は、きっと少ないだろう。僕もよく分からない。

魔獣や魔人の住む魔界とこの人間界は、東の最果てにある巨大な〝ゲート〟によって繋がっている。これを管理するのが魔王だ。巨大なゲートを開くには、最果ての王としての継承権と、大きな魔力がいることから、人はこの存在を〝魔王〟と呼ぶ。

魔王という存在によって、二つの世界は天秤のはかりを水平にするように、均衡が保たれている。

魔界と人間界はお互いに僅かな行き来が許されており、その交通量は魔王によって調整されるのだ。

しかし魔王がどちらかに肩入れし、どちらかの世界に有利に働くようにしかければ、当然魔王を討伐しようとする者が現れる。

旧魔王は魔界に肩入れし、人間界を征服しようとした。魔族がこの世界に出現し、暴れる現象が異様に続いたから、そう判断されたのだ。

世界中から猛者《もさ》が集められ、我が国で勇者一行が結成され、ベルルの父親であった魔王は打ち倒されたのだとか。

世間一般ではそういった解釈だが、詳しい情報は国が制限している為、僕のような者の耳には入ってこない。

ベルルは何か知っているのだろうか。


「……旦那様？」

ベルルが目を擦りながら起き上がった。

開け放たれた窓から柔らかい秋風が入り込んで、カーテンを揺らす。

僕は読んでいた本を閉じ、ベルルの方を見た。

「ああ、よく眠れたかいベルル」

「あああ……旦那様……私ったら……っ」

彼女は頬に手を当て、慌てている。

「せっかく旦那様と一緒に来ているのに、ね、寝ちゃったなんて……っ」

「あははは、それは別にいいんだよ。どうだい、ここの空気は心地よいだろう？　僕もうっかりうたた寝をしてしまっていたよ」

「旦那様……」

「ほら、髪が乱れているぞ。ぷっ……はは、こっちへおいでベルル」

「だ、旦那様ったら、そんなに笑わなくても……っ」

ベルルはムッとして、それでもベッドからヒョイと下りて、僕のところまでやってくる。

僕は彼女の髪があちこち散らばっているのを、丁寧に整えた。

ベルルは僕が読んでいた色々な本を気にしていた。

「何を読んでいたの？」

「色々と。ここには世の中にあまり出ていない貴重な本が結構あるんだ。ジェラルの奴、よくこの別荘を貸してくれたな……」

ベルルは、魔王のことについて書かれている本に気がついたんだろうか。

僕は特に隠そうとも、聞いてみようともしなかった。

「さあ、夕飯の準備をしようか。今日はサフラナもいないしな」

「……うん!!」

「と言っても、缶詰とパンとチーズだが……」

準備にそれほど時間はかからない。

缶詰はなかなかのごちそうだが。


保存食の収められた地下室には、沢山の缶詰や瓶詰め、干物があった。

ジェラルは好きなものを好きなように食べてくれと言っていたが、ここまで色々揃っていると、どうすればいいのか逆に分からない。まあ遠慮なくいくつか食べさせていただこう。

「ベルル、いくつか持っていこう。食べたいものはあるか？」

「……色々とあるのねえ。私、缶詰ってあんまり食べたことがないの」

「まあ高級だからな。日持ちするよう、食品を加工してあるんだ」

「ねえ旦那様!!　これはどう？」

ベルルはロールキャベツのケチャップ煮の缶詰を持って来た。

なるほど、いいおかずになりそうだ。

「あとは、クラムチャウダーと……ああ、煮豆は美味そうだな」

「旦那様、ハチミツがあるわ!!　パンに塗って食べましょうよ」

「クラッカーもあるな。あ、ソーセージも……」

「果物の缶詰があるわ!!」

遠慮を知らない僕ら。

まるで宝の倉庫にでも迷い込んだかのように、妙にテンションが上がっていた。

ジェラルがパンとチーズさえあれば他に何も要らないと言ったように、本当にここにある保存食だけで、夕食は豪勢なものになった。

準備も火をつけ、鍋で温めるだけ。

ベルルが木造りのテーブルに皿を並べ、真ん中にパンを置く。大きなライ麦パンだ。

「明日と明後日の分も取っとくんだぞ」

「うん!! 今日はこのくらいかしら……」

ナイフでパンを四等分に切って、そのうち一つを更にスライスする。

残りは再び布に包んで、バスケットに入れる。

「ね、旦那様!! 私パンをスライスするの、上手になったでしょう!!」

「うんうん、上手い上手い」

ベルルは得意げだ。僕も素直に感心した。流石、サンドウィッチを作っただけある……!

温めたばかりのロールキャベツを皿に並べ、横に豆とソーセージを添える。

スープ用の平皿にクラムチャウダーを注ぎ、グラスを並べる。地下室には無糖の炭酸水もあった。

「ベルルは炭酸水を飲めるか?」

「炭酸水?」

「少し、刺激があると言うか。喉が弾ける感じと言うか……」

「……？」

彼女は飲んでみたいと言ったので、グラスに注いだ。

何だかよく分かっていなかったが、まあダメなら止《や》めればいい。

「さあ、晩餐《ばんさん》だ」

「わあ、素敵素敵‼」

さっそく席に着いて、グラスを持って乾杯する。

彼女は炭酸水をグイッと飲んで、びっくりしたのか咳《せ》き込み始めた。

「だ、大丈夫か？」

「……凄い……新感覚……」

驚きながらも、なかなか気に入ったようだ。

缶詰の食事はなかなか美味く、独特の味がある。

ベルルも一つ一つに驚きながら食べていた。煮豆が特に美味しいらしい。

一通り食事が終わると、僕は地下室から持って来ていたクラッカーの袋を開けた。

「それはなあに？」

「クラッカーだ。硬い、塩味のビスケットと言うか。果物の缶詰があっただろう。あれを載せて食べるとなかなか美味い」

「……わあ」

食後のデザートの代わりだ。

チーズを載せて蜂蜜をかけても美味い。

「研究室の連中は、よくクラッカーを食べている。腹持ちもいいしな」

「オレンジと……桃……うーん、美味しい!!」

さくっとしたクラッカーと、みずみずしい果物の缶詰の汁気が口の中で混ざり、ちょうどいい。

ベルルはこれを特に気に入っていたようだった。


十分過ぎる食事の後、僕らは共に後片付けをした。

その間、僕は考えていた。

今はこんなに元気なベルルだが、数日前一気に元気がなくなった、あの瞬間が忘れられない。

僕はベルルに、ちゃんと聞くべきだと思っていた。

何か不安なことがあるのかと。

そして、彼女のことをもっと理解しなければならない。

「ベルル、この後、寝室で少し話そう」

「いつもお話ししているわよ?」

「いや、そういう話ではなく……何と言うか。しっかりとした話さ」

「……?」

彼女は笑顔で「うん」と言ったが、僕は少し不安だった。

もしかして、彼女を傷つけるかもしれないなと。

訳ありの娘だ。その奥に隠された事情に踏み込めば、きっと、彼女は色々なことを思い出さなければならない。

最初は、彼女の事情を知る必要はないと思っていた。

王宮に言われたまま、彼女を妻にするだけでいいと。悪いようにしなければ、それなりにやっていけると。

しかし今は、ちゃんと彼女と向き合いたいと思っている。

もっと、知りたい。

知らなければよかったと、思いたくはない。

僕も覚悟が必要になるかもしれない。

漠然と、そんなことを考えた。

◆◆◆

湯を浴びたベルルは白いネグリジェ姿で、髪をタオルで拭きながら寝室にやってきた。

濡れた黒髪は、いっそう濃い色に見える。

「髪はよく乾かさないと、風邪をひくぞ」

「……うん」

彼女はベッドに腰掛け、わしわしと髪を拭いていた。

女性の長い髪は、男の短い髪に比べ、乾かすのに手間がかかりそうだ。

「そう言えば、魔法結晶が内蔵されたドライヤーがあったような……」

「……？」

僕は風呂場まで下りていき、壁に掛けられていたそれを持って、ベルルの待つ寝室に戻る。

「ドライヤー？」

「ああ。万用の魔法結晶が組み込まれた、熱風の吹く装置だ。こんな高値なものを持っているなんて、流石はレッドバルト家だなあ」

「……？」

「こっちへ来いベルル。髪を乾かしてやろう」

ベルルをソファーに呼んで、隣に座らせると、背を向けさせる。

「熱かったら言ってくれ」

「熱いの？」

「まあまあだ」

彼女の巻き毛を一房ずつ手に取って、ドライヤーの風に当てて乾かす。

あまり雑には出来ない。

女性の濡れた髪を手に取るのは何とも妙な気分だ。彼女の首筋には、まだ雫《しずく》が残っている。

「ベルル、少し聞きたいことがある」

「……？」

彼女はベッドの上にぺたんと座り込み、僕は向かいに椅子を持って来て座った。

「数日前に研究室へ来た時、君は急に……何と言うか、とても不安そうな顔をした。そんな態度になった。そう……王家の絵画を見てからだな。いったい、どうしたというんだ」

彼女は少しの間小さく口を開けて僕を見ていたが、そのうち視線を落とす。

「その、僕はベルルのことをほとんど知らない。君が、昔どんな生活をしていて、どんな風に生きて来たのか……」

彼女の瞳は、まるでどこか別のところを見ているように、曖昧《あいまい》な一点を見つめてた。

僕は彼女が何か言ってくれるまで、待つしか出来ない。

しばらくの沈黙の後、彼女は小さな声で言った。

「あの……絵の中に、私を地下の牢屋に閉じ込めた人が居たの……」

「……それは、国王のことかい？」

彼女はコクンと頷く。あの絵画は現国王がまだ王位を継いでいない頃のものだが、確かに前王の側《そば》に控えていた。

その面影に、ベルルは恐怖を感じたのだろうか。

「国王様は私が嫌いなの……だから、あんな所へ閉じ込めたのよ」

「……」

「もう、あんな所へ戻るのは嫌よ」

彼女は膝を抱え込んで、詰まった声で言った。

「な、何を言っているんだ。君はもうあの場所を出ることを許されたのだ。僕は国王に命じられ、君を妻として迎えたのだから……」

ベルルはゆっくり顔を上げ、「そうね」と困ったように笑った。

いや、今の言葉は何かが悪かった。

「い、いや……そうじゃなくて……その。だから……」

「ううん。分かってるの。……私は幸せよ、旦那様のような優しい人のところで生きていけるんだもの……」

「……ベルル」

「だから大丈夫。国王様の顔を見ると、少し怖くなるだけで……酷いでしょう？　国王様がせっかく、あの場所から出してくれたのにね」

僕は少し躊躇《ためら》ったが、もう一つ聞いておきたいことがあった。

「ベルル……君はその、地下牢に閉じ込められる前のことは、どう思っているんだ。旧魔王のところに居た時のことは……もしかして、家族を恋しく思ったり……するのか？」

「……？」

ジェラルは、ベルルがホームシックなのだと言っていた。

ベルルにはもう帰る場所がないし、父も母も居ないはずだが、彼女はそのことをどう考えているのだろう。

「私が前の魔王様の娘だってことは知っているわ。でも……私、ほとんど覚えていないの」

「……？」

「東の最果ての王宮で暮らしていた時のことも、お父様とお母様のことも、何にも。何となく……本当に空気みたいなものは思い出したりもするんだけど、そこに居た人たちの顔はみんなぼんやりしていて。でも地下牢に閉じ込められた時のことは覚えているから、不思議よね」

それは要するに、魔王が討伐された時までの記憶が曖昧で、そこからのことは全部覚えているということだろうか。いったいどういうことだろう。

「前のことは、魔獣たちも誰も教えてくれないの。でも、それは別にいいのよ。今は……旦那様が居るもの」

僕は瞳を細め、膝の上の手を握った。

少しだけホッとしたような、でもどこか複雑な思いだ。

彼女に家族の思い出がないのは、幸いなことだったのだろうか。それとも可哀想なことなのだろうか。

「君のことばかり聞いてすまないな。……僕も一つ、言っておきたいことがある」

「……？」

僕の言葉に、ベルルは顔を上げた。

「我がグラシス家のことだ」

彼女は多分知らない。我が家が本来、どのような家で、どうしてあんなに寂《さび》れてしまったのか。

「我がグラシス家が、この国の四大魔術一門だったのは知っているかい？」

「う、ううん」

「それはそうだろうね。正直言って、今はもうその面影はない。数えられることも少ない。かつては魔法薬に関する第一線に立ってきた一族だった。屋敷や中庭が無駄にでかいのはその遺産だ」

僕は語り始める。ベルルに、グラシス家の事情を。

「一家の衰退が始まったのは三代前から。当時本家と分家の内部抗争があって、一族の分裂騒動となった。その時、一族から離れた分家が、一族の秘術書の一部を持っていってしまった。グラシス家は力の半分を失ったが、長年の成果と王宮への功績、地盤の強さを盾に踏ん張ってきた。しかし、先代……僕の父であるエルフリード・グラシスと母レアデール・グラシスが王宮魔術師としてモナリエル国の視察に出ていた時、事件は起こった」

ベルルは〝事件〟という言葉に不安そうな表情を浮かべている。

「モナリエル国は、この国からもう少し東へ行った所にある国だ。魔法結晶に使うモーア石の産地でもある。更に言えば、新しく魔法結晶に利用可能と言われているレイモーア石の発掘された国だ。……まあ、要するに資源大国なんだ」

あまり難しい話をしても、ベルルは分からないだろうから、このくらいの説明に止《とど》める。

僕は一度話を止め、側《そば》に置いていたグラスの水を飲んだ。

あの時のことは、今思い出しても、腹の底が疼《うず》く。

「八年前……僕がまだ王都の魔法学校の学生だった頃、レイモーアの研究チームに参加していた僕の両親は、その国のレイモーア鉱山の中で死んだ。大規模な落石事故があったと世間には知らされているが、本当は違う。研究チームの一人が、レイモーアの扱いを間違って爆発事故を招いたんだ」

自分で語りながら、一度息を呑む。

「酷い事件だったらしい。僕の両親の遺体は見つかったが、いまだに土砂の中に埋もれたままの遺体もあるとか。唯一生き残った鉱山の職員の証言によれば、父を含む研究員が、レイモーアの原石を前に何か口論をしていたらしい」

ベルルは黙って、でもしっかり僕を見て聞いていた。

僕は、意外と落ち着いて語っている自分に驚いた。

「最終的に、研究チームのリーダーをしていた僕の父の監督責任ということになったよ。とは言っても、死んでしまったのだから仕方がないのだが」

父の責任になったことに対し不満はあったが、当時あまりのショックに、僕は冷静にこの件を追及することが出来なかった。

「この事件をきっかけに、グラシス家は一気に名を落とし、力を失った。グラシス家に残っていたのは僕のような若造だけだったし、こんな時を待ち望んでいた元分家の一族が、こぞってグラシス家を叩いたしね。僕も父と母を一気に失って……まあ、酷く落ち込んだ。あの時は本当に……はは、あまり思い出したくはないな」

「旦那様……」

ベルルはベッドから下りると、僕の前に立った。

「ベルル、グラシス家は衰退した一族だ。かつてのような華々しさも、贅沢な暮らしも何もない。貴族と言う立場は逆に虚《むな》しい程だ。僕もきっと、一生研究室のただの一員として働くことになるだろう」

情けない話だ。

未来のない家、出世街道から逸《そ》れた旦那。

ベルルがそう言ったことを気にしない娘だということは百も承知だが、ただ自分が情けない。自分がもっとしっかりしていたら、あんな事件があっても家を守れたのではないかと思ってしまう。

「私、お家のことはよく分からないけれど……」

ベルルは椅子に座る僕の頭を、ぎゅっと抱いた。

「旦那様が、ずっと旦那様だったら素敵だわ。今のお家が大好き。旦那様と、お料理が上手で優しいサフラナと、賢いレーンと、無口だけどいつも馬車に乗せてくれるハーガス。みんなで穏やかに暮らせれば、それで十分幸せなの。……幸せすぎるくらいよ。だから、これ以上の贅沢は要らないわ」

「……ベルル」

「私……ずっとあの家に居たい……旦那様がいい……っ」

それだけでいいと、何度も必死に言う彼女を、僕はゆっくり抱きしめた。

世間を全く知らないからこそ、彼女はただ僕だけを見てくれている。家柄も、過去も、将来の展望も頭にはない。

あの家がいいと、僕がいいと、必死に言ってくれる。

いい歳して少し、泣きそうになった。

「国王様に……感謝しなくちゃ。旦那様に、私を連れて行くように言ってくれたんですもの。命令でも何でも……私……生きることが楽しいわ」

「……ベルル」

彼女の涙が、上からポタポタと落ちてきた。

僕もだよと、素直に言えたらよかった。

色々なものを、色々なことを諦め、研究室で変わらない毎日を送って来た。

こんな不名誉な家に嫁ぎたいと言う女も居ないだろうと思い、結婚も諦めていた。

きっと僕の代で、この家を終わらせることになるんだろうと思いながら、ただ魔法薬の研究に没頭していた。

いつの間にか、つまらない無愛想な男などとも言われていた。

そんな僕が、毎朝ベルルの顔を見て起き上がり、ベルルがどうしたら楽しんでくれるか、喜んでくれるのか、彼女のことばかり考えている。ベルルのことで悩んで、普段なら絶対に行かない場所に行ったり、買い物をしたりした。

変わっていく毎日が、心地よいと思える。

我が家は変わらず没落貴族のままだが、ベルルが来てから皆明るい。皆、活き活きしている。

そうだな。

それだけで、充分幸せだ。

僕はきっと、良い妻を迎えた。

## 8　吊り橋

朝起きると、ベルルが僕の顔を覗き込んでいた。

「う、うわあっ」

「おはよう、旦那様っ!!」

ベルルはニコリと笑うと、じっと僕を見続けていた。そんな楽しい顔じゃないだろうに。

「な、何だベルル……」

「ふふ、何でもないわ」

彼女はそのまま僕の肩に頭を乗せ、「旦那様～」と言って身を寄せ、甘えてくる。まるで猫みたいだ。

「はは、何だベルル。何か嬉しいことでもあったのか？」

「旦那様が嬉しい！」

ベルルは言葉足らずで、よく意味が分からないが。

だけど、きっと昨日のことがあったから僕を慰めたいのと、僕に対する距離感が縮まったのが合わさって、このような態度になったのだろう。

いや、それならばとても嬉しいことなのだ。お互いの事情に踏み込めば、彼女を傷つけるかもと心配していたから。

僕の上に半分乗るように身を寄せる彼女は、いつも以上に可愛らしい。

勿論いつも可愛いが、いっそうそう思えるのは、やはり昨日の語らいがあったからだろう。

「ねえ旦那様、ギュッてして。ギューって……」

「え？」

ベルルの要求に一瞬驚いたが、僕はその体勢のまま彼女をゆっくり抱きしめる。

彼女の体は細く、それでもやはり柔らかく、髪の良い匂いが鼻をかすめる。

「ふふ……旦那様～」

ベルルは無意味に何度も僕を呼び、僕にくっついていた。世間一般からしたら、何をやっているんだと言われかねない時間だ。

いつもと違うベッドで、いつもと違う天井を見上げ、いつもより清々《すがすが》しい森の朝の空気を吸う。

それだけで、僕はこの無意味な時間を大切に思ったりした。


「さあ、ベルル。そろそろ起きて、朝食を食べよう。今日は吊り橋まで行きたいしな」

「……吊り橋？」

「ああ。この森には川を渡る吊り橋があるんだと、ジェラルが言っていた」

そこにはぜひ夫婦で行って欲しいと言われていた。彼のオススメスポットらしい。

「楽しい？」

「どうだろうな。はは、少し怖いかもしれないが」

「……怖いの？」

ベルルの不安そうな顔に、思わず笑みがこぼれる。

さて、揺れる吊り橋は彼女を楽しませるだろうか、怖がらせるだろうか。

吊り橋は昨日の泉とは正反対の方角にあった。到着にはそれほど時間もかからなかった。

「旦那様、早く～」

「ちょ、何で……何でそんなに早く……」

そこそこ長い吊り橋を、軽々と渡るベルルに対し、へっぴり腰な僕。

綱を握って、ゆっくり進む様《さま》は無様だ。いや違う。ベルルが早すぎるのだ。

彼女は吊り橋の脇から見える川の濁流を気にもせず、揺れていることも恐れない。楽し気に両手を広げ、綱をつかみもしないで渡っていた。

「旦那様、大丈夫？」

ベルルが僕の方へ駆けてくる。

その度に橋が揺れ、一瞬ふわりと宙に浮いたような心地《ここち》になった。

「わ……わわ……っ」

流石のベルルも、身が軽い分より不安定になり、ふらふらとよろめく。

「あ、危ないっ!!」

僕はふらつくベルルを抱きとめ、そのまま橋に座り込んだ。揺れが収まるまで、その場でじっとする。

「……」

「……」

川の流れの音だけが聞こえる中、僕らは顔を見合わせた。

「ベルル……危ないじゃないか」

「……ごめんなさい、旦那様」

シュンとするベルル。僕は彼女の頭をポンポンと撫で、手を貸して立ち上がらせる。

それからは彼女も少し怖くなったのか、僕と手を取り合ってゆっくりと進んだ。


橋を渡った所には、日差しの明るい広場があった。

中央にポツンと残されたような木があり、その周りにはコスモスが咲き乱れている。

いやこれは、美しい光景だ。

「わあああああ！」

ベルルは胸元に手を当てて表情を輝かせると、そのコスモス畑に飛び込んで駆けていく。

「こ、こらベルル」

「ふふ、あはは」

楽しそうに、花びらの舞う広場を軽やかに駆ける彼女を、僕はただ見ていた。

ただ見ているだけで、全然飽きないのは何でだろう。むしろ、ずっとその光景だけを見ていたいような気もする。

「ねえ、旦那様！　あの木まで行ってみましょうよ」

ベルルは僕のところへ戻って来て、僕の手を引いた。広場の中央にある木の下《もと》へ行こうと言うのだ。

言われるがままそちらへ向かい、僕らは桃、白、黄色のコスモス畑を横切った。

今この空間に僕とベルルしか居ないのだと考えると、どうも不思議な気分になる。

それほどにここは、別世界のようだった。

「まあ、見て、旦那様!!」

木の根元に着くと、ベルルはその木の枝葉を指さした。

驚いたことに、その木の枝には沢山の妖精たちが居て、それぞれ遊んだり眠ったり、歌を歌ったりしている。

この木には、沢山の妖精が宿っているようだった。

確かに妖精の恩恵を受け取っているのだと納得できる程立派な木は、サワサワと風に揺られ、その葉擦れの音を響かせ、色づいた葉を散らす。

落ちてくる木漏《こも》れ日は、とても神秘的だった。

「きゃっ」

突然ベルルが声を上げたので、僕はビクッとした。

見るとベルルは不自然な動きをしている。

「ど、どうした」

「……旦那様……よ、妖精が……妖精がお洋服の中に入っちゃった……っ」

「……」

一瞬思考停止。

「な、何いいいい!?」

「わ……っ、きゃっ……くすぐったい……」

「べ、ベルル、妖精はどこに……」

「んん～……っ。あっ……痛い……背中、かじられちゃった……っ」

「……なん……だと……」

ベルルの背中をバッと見ると、確かに服の中にはもぞもぞ動く何かが居る。

何という破廉恥《はれんち》な!!　締めてやる!!

「だ、旦那様……っ。取ってちょうだい……っ」

「え……!!」

ベルルは涙目で、どこか悩ましい表情だ。

いやはや、早く彼女を助けてあげなければならない。

しかし、どどどうすればいい!!　服の中に手を入れる訳にもいかないだろう!!

「だ、旦那様……早く～……っ」

「……っ」

僕はバッとベルルの前に立つと、「両手を真横に!!」と言って彼女に腕を広げさせる。

そして脇に手を入れて彼女を抱え上げ、ブンブン上下に振った。

「あ、あわわわわ」

ベルルから気の抜けた声が聞こえたが、かまわず振っていたらポトンとドレスの裾から――

「出た!!」

僕はベルルを下ろし、勢いよくその妖精に飛びかかる。

レーン程は妖精を捕まえるのが得意じゃない僕でも、今回ばかりは逃す訳にはいかなかった。

「捕まえたぞ、この破廉恥妖精め!!」

妖精は『シャーシャー』と鳴き声を上げ、僕の手から逃れようと暴れている。

細長い頭の、水色の妖精だった。

「だ、旦那様。もういいのよ、出て来てくれたのだし」

「いーや。この妖精は罪を犯したのだ。許す訳には……っ」

「旦那様……？」

僕はハッとする。何を熱くなっているのか。

ベルルのキョトンとした顔が、今の僕の状況を物語る。

妖精は悪さをするものだ。それに罪も何もないだろうと、自分に言い聞かせながら、僕はその妖精を放した。

妖精は逃げるように木を登っていった。

「どうしたの、旦那様？」

「いや……何でもない」

何とも情けない気分で、僕は地面に膝をついて頭を抱えた。

ベルルは「どうしたの？」と無垢な瞳で問いかけてくる。

「……ベルル、背中は痛くないか？」

「……？　平気よ、ちょこっとかじられただけなの」

「そうか……」

ベルルはニコリと笑って、僕の手を引いて立ち上がらせてくれた。

僕は特に意味もなく、彼女の背を撫でる。勿論服越しで。

「……どうしたの？」

「いや……」

どうしたもこうしたもない。

布越しでなければ彼女に触れられない僕は、妖精以下である。

◆◆◆

その日の真夜中のことだった。

僕とベルルが寝付いて随分経ったと思しき頃、銃声が響いたのだ。それも何発も。

「な、何事だ!!」

かなり近くだった気がして、窓から外を確かめる。すると驚いたことに、黒尽くめの者が数人、狩猟用の銃を持ってうろうろしていた。

じっと様子を窺っていると、彼らは森の奥へ行ってしまった。

「……狩人か？」

いやしかし、この森での狩りは禁止されている。ここはレッドバルト伯爵家の私有地だ。

「ん～……旦那様……どうしたの……？」

「ベルル、どうやら不審な者が外をうろうろしている。僕は確かめに行ってくるから、君はここで……」

と言ったところで、少し躊躇《ためら》った。彼女を一人置いて行く方が危ないのではないかと。

「どうしたの旦那様」

「ベルル、君は魔獣を使役していたね。あれはいつでも呼び出せるのか？」

「……うん!!」

彼女はいきなり、空中に指で丸を描いた。「マルちゃん!!」と、以前見た真っ白な獣を呼び出す。

「……」

しかし現れた魔獣は、あの時より随分小さかった。

と言うか丸い毛玉の子犬だ。

「マルちゃんちっさいバージョン……」

そう呟いたベルルはその子犬を抱え、ぎゅっと抱きしめる。なんて可愛い絵面だ……ってそんなこと言っている場合ではない。

「旦那様、可愛いでしょう？」

「あ、ああ……子犬だな……」

ベルルがその毛玉をこちらに向けたので、恐る恐る頭を撫でる。

子犬はしっぽを振りながら、僕の手を舐めた。

「何だか前見た時より、随分小さいようだが……」

「だってこんな所で大きな姿で召喚しちゃったら、お家バラバラになっちゃうわ」

「あ、まあ……そうだが。召喚にパターンがあるなんて知らなかった……」

「人間にもなれるのよ!!」

ベルルはずっとしっぽを振っている毛玉の額を、指で小突いた。

すると、毛玉はボワンと音を立て、あっという間に見知らぬ女性に変身する。

純白の、あまり見ない造形の服を着た、つり目でスタイルの良い女性だ。

肩で切りそろえられた髪の色も濁《にご》りなく真っ白で、あの獣の毛並みと同じだ。

また耳も獣の名残《なごり》か、白狼の時と同じ形をしていた。

「ベルル様!! もう~なんでもっと早く呼び出してくれないのっ!!」

しかし見た目の涼やかなお姉さん具合とは裏腹に、彼女はベルルを抱きしめると凄まじい勢いでベッドに押し倒した。

「お、おいっ!!」

「もうっ。マルちゃんたらそうやって、すぐじゃれつくんだから」

いや、じゃれついていると言うか、傍目《はため》には襲っているようにしか……

「ベルル様ったら相変わらず食べちゃいたい程可愛いわね!!」

そう言うとマルはニヤニヤしながら、ベルルの頬を一度舐める。

そして、そのつり目を僕に向けた。

「ベルル様の旦那様。私は風を司る魔獣マルゴット・プロロフィーナ。魔王に仕えていた十の魔獣の一匹よ。前は挨拶が出来なくて、申し訳なかったわね」

「あ……ああ。僕は、リノフリード・グラシスだ」

マルゴットと名乗る全体的に白いその女性は、獣のままの耳をぴくぴくと動かしつつ、ニヤリと笑った。

その視線の鋭さに、一瞬ひやりとする。まるで獣に睨まれたみたい……と言うかその通りか。

「さっきあなたを舐めて、やっぱり悪い人じゃないと確信したわ。ベルル様の旦那様がもし酷ーい

人で、ベルル様が嫌がるあれこれを強《し》いる男だったら、もう絶対ぶち殺して腸《はらわた》から食ってやろうって思ってたんだけど……」

などと、美女の姿からは想像もつかない言葉が飛び出した。

「あははっ、もうマルちゃんったら、すぐそんなことを言うんだもの」

ベルルは笑っていたが、僕はさーと血の気が引いていった。

僕は一度咳払いをすると、「えーと、マルゴットさん……」と切り出した。

「いいわよ、マルで。マルさんとお呼びなさい」

「あ、はい。マルさん……その、僕は今から外の様子を見てこようと思っています。ですので、ここでベルルを守っていてくださいませんか？」

妙に口調が固くなってしまった。

マルさんはニッと笑うと、「オッケー」と気軽に答える。

ただベルルが納得しなかった。

「ダメよダメよ!!　旦那様を一人で行かせるなんて、ダメよ!!」

「し、しかしベルル。奴らは銃を持っていた。危険だ……」

ベルルがごねるのを見て、マルさんは「ムッとするベルル様かわいいいい!!」と、彼女に抱きつく。

頭を抱える僕をよそに、マルさんはその鋭い瞳を僕に向け、再びニヤリと笑う。

「旦那様ぁ、そういうことならみんなで行きましょうよ。私が居るんだもの、何も危ないことなんてないわよ。ベルル様もそれで安心でしょう？」

「ちょっ、マルさん……」

「うんうん!! 流石はマルちゃんね!!」

ベルルは乗り気だ。

僕は少し躊躇《ためら》ったが、結局三人で暗い森の中へ向かうことにした。


鼻をスンスンと動かし、マルさんはニヤ～と笑った。

「やだやだ、火薬の臭いと、動物の血の臭いが充満しているわね」

「やはり密猟者か？」

「取っ捕まえたら分かるわ」

マルさんはボフンと音を立て、今度は大きな獣の姿になった。

ベルルと僕に背に乗るように促すと、そのまま猛スピードで、臭いを辿って駆けていく。

「わあああああ～……」

何とも情けない声が出てしまった。ベルルは「はやーい」と、楽しんでいるが。

昼間に渡った橋をひとっ飛び、コスモス畑も越え、森の奥へ向かう。

黒尽くめの者たちはすぐに見つかった。

今まさに鹿を撃ち殺したようで、血まみれの骸《むくろ》を掴んで袋に詰め込もうとしている。

「おいお前たち‼　この森で何をしている‼　ここでの狩りは禁止されているはずだぞ‼」

僕はマルさんの上から叫んだ。

「な、何だお前たちは……っ」

黒尽くめたちは僕の声に、と言うよりは、マルさんの姿に腰を抜かした。まあ当然だ。大きな狼とでも思ったか。

男たちは銃をこちらに向けて何発か放ったが、マルさんは銃弾をもろともせず、前足で男たちを蹴散《けち》らす。

僕はマルさんから飛び降り、杖で魔法式を書いて樹と岩の枷を作り出し、男たちが逃げられないよう手足に取り付ける。

「旦那様、危ないっ‼」

ベルルが突然、大声を上げた。僕がとっさにうずくまると、暗闇の方から何発か銃弾が放たれ、頬をかすめる。

「まだ仲間が居たのか」

魔法式を書き、今度は発光する泡を作り出す。

それらをフッと吹くと、宙へ広がっていき、辺りが明るくなる。

三人程の男が、木々の向こう側から銃をこちらに向けているのが見えた。

「旦那様‼」

ベルルが僕の方に駆け寄って来た。

それを確認した男の一人が、銃をベルルに向ける。

「駄目だベルル!!　こっちへ来ては……っ」

僕はとっさに、彼女を庇《かば》って地面に押し倒した。放たれた銃弾が僕の腕をかすったが、たいしたことはない。

すぐさまマルさんが僕たちを飛び越え、森に潜んでいた男たちを蹴散らした。食われそうになっている男も居たが、ベルルが「人を食べてはダメよ!!」と言うと、マルさんも渋々そこらに男を転がす。

僕は立ち上がると、腕の痛みをこらえて魔法式を描き、そこらに転がっていた男たちも樹と岩の枷で捕えた。幸いこの森には素材が多いから、魔法がとても使いやすい。

「はあ……」

これで、全員か。

「マルさん……他に人は居ないか？」

僕が聞くと、マルさんはキッと側《そば》の木の上を睨み、恐ろしい獣のうなり声を上げてその木に噛み付いた。

一匹のフクロウが飛び出し、木はズシンと音を立てて倒れる。

「ウ～…」

背筋が凍るような、マルさんの低い鳴き声。

フクロウはそのままス〜と夜の空へ消えてしまった。

「い、いったいどうしたんだ……」

僕は怪我をした腕を押さえつつ、マルさんを見上げる。

見る間にマルさんは人型の姿に戻り、素っ気なく髪を払った。

「旦那様旦那様!! 腕……っ」

ベルルが僕の腕の傷を気にして、オロオロしている。

「いや……ただのかすり傷だ。大丈夫……」

「で、でも……旦那様、私を庇《かば》って……っ」

「大丈夫だから。君も僕に声をかけて、助けてくれただろう？ 君に怪我がなくてよかったよ」

「……旦那様っ」

目をうるうるとさせているベルルの頭を、怪我のない方の手で撫でた。

「ねえちょっと……これを見て、ベルル様、旦那様」

マルさんが何かに気がついたようだった。

黒尽くめの男たちが持っていた袋。その中には、捕えた獣以外に、大きな黒い箱が入っていた。

その箱を開けると、中からワラワラと妖精たちが出て来た。

「……妖精？」

「こいつら、妖精を捕まえていたのね。ははーん、大人しい獣には妖精が沢山宿っているから、銃で撃ち殺して焦って出て来た妖精を捕まえていたと……」

僕はマルさんの言葉から思い出したことがあった。

「そ、そう言えば……ここ最近密猟者が多いと、新聞で読んだような……しかし妖精をどうして……」

その黒い箱は、何やらとても重そうな物質で作られていた。

訳が分からない。なんでこいつらはこんなことをしているのか。

「とにかく……このことはジェラルに伝えた方がいいな。レッドバルト家の私有地で起こったことだし……それから後は、王宮に任せておくしかない……」

僕は腕につけていた小さな魔法結晶の腕輪を撫で、四角い空中伝書《くうちゅうでんしょ》のスペースを開いた。空中伝書とは、空気上に文を書き、相手に転送するものだ。お互いが空中伝書用の魔法結晶を持っていて、相手の番号を知っていれば、いつでも文書を送れる。

杖で魔法式を書くように、すらすらと空中に文書を書いて、送信。

すると、ジェラル・レッドバルトからすぐに返信が来た。今すぐこちらに来るということだった。

◆◆◆

まもなく朝になろうかという時、ジェラルが数人の部下を連れてやってきた。こんな時間に、遠いところを急いで駆けつけてくれたのだろう。

「お初にお目にかかります。私はリーズオリア王国第七騎士団副団長、ジェラル・レッドバルトと申します。マダム・グラシス」

ジェラルは相変わらずの気品ある振る舞いで、ベルルに挨拶をする。

ベルルは見知らぬ男性に少々戸惑っていたが、僕の背に隠れつつ「ベルルロッド・グラシス……です」と名乗る。

「ははは、聞いていた通り、可愛らしい奥方だ」

「……それより、この状況をどうにかしてくれ」

「ふむ。すまなかったな、せっかく夫婦水入らずで楽しんでもらおうと思っていたのに」

ジェラルは連れて来ていた部下の兵に命令し、その場に捕えられている黒尽くめの男たちを調べさせ、物品を回収させていた。

「ここ最近、密猟者が多いとは聞いていたのだ。うちの森だけではない。他の土地でも数多く被害が出ているようだ」

「……何の為にこんなことを。それに、妖精を捕えるなんて」

「妖精狩り、と、僕ら上層部の騎士の間では言われている。何が目的なのか分かっていないが、こうやって自然の保たれた土地の生物や植物から、妖精を無理矢理追い出し捕える者たちがいる。組織ぐるみの犯行だと思われているが……」

「……妖精狩り」

ベルルは不安そうに、その言葉を呟いた。彼女の周りには、森の惨状に驚き、怯えきった妖精たちが集まって震えている。

「おや、奥方はまるで〝妖精の申し子〟だね？」

「……ああ。なぜか妖精に好かれている」

ジェラルは珍しそうに、ベルルの周りに妖精の集う様子を見ていた。

結局、この場はジェラル率いる兵たちに任せることになり、僕とベルルはとりあえず借りていた別荘へ戻ることになった。もううちへ帰ろうかとも思ったが、昨日の今日で疲れていたので、やはり予定通り明日までこの家に泊まる。明日と言っても、すでに朝を迎えているのだが。

レッドバルトの兵に護衛をさせるとジェラルが言っていたから、安心して寝られるだろう。後日、またレッドバルトに屋敷に呼ばれることになっている。


僕らは別荘に戻り、ソファーに座ってゆっくりお茶を飲んだ。

「ワン!!」

マルさんが子犬の毛玉姿で、ベルルの足下で待機している。

昨晩はこの犬が大魔獣となって活躍してくれたのかと思うと、たまらなく不思議だ。

「マルちゃん、そろそろ魔界へ帰る？」

ベルルがそう言うと、マルさんは首を振る。

「あ、お腹が空いたのね!!」

ベルルは「何か取ってくるわ!!」と言って、厨房《ちゅうぼう》へ行ってしまった。

マルさんはまた可愛らしく「ワン!!」と吠えたが、その後ベルルが部屋を去ったのを確認すると、ボワンと人型になって僕の前に立つ。

「な……何ですか……」

もの凄い威圧感だ。視線が怖い。

しかし彼女はフッと笑い、僕を見下ろしていた。

「旦那様、昨晩はよくベルル様をお守りしたわね。見直したわ!!」

「……へ？」

「最初は、ちょっと頼りない優男《やさおとこ》かなって思ったけど、まあ私的には合格ラインかしら。ふふふん、これからもベルル様をよろしく頼むわね。私も微力ながら協力するわよ」

つり目を細め、僕の肩をポンポンと叩く。

予想外な反応だが、何かあれだ。嫁の姉に見張られている気分と言うか。

「それにベルル様、最近凄く楽しそう。あなたのこと、本当に信頼しているわ」

「ど、どうも」

「でも……」

マルさんは僕に顔を近づけ、意味深に笑う。牙がちらりと見え、冷や汗が流れる。

「私はこんな風に優しくて穏やかだから、あなたを一応信用するわ」

「え……優しくて穏やか……？」

「ただ私の〝お姉様〟たちは、きっとまだあなたを審査している途中よ。じっと、魔界から見ているのよ」

「お姉様？」

「ええ。ベルル様が契約している魔獣は、私を含め三匹。私よりずっと格上で気性の荒いお姉様が二人、残っているわ。せいぜい、お姉様たちの怒りに触れて食われちゃわないようにね。ベルル様のこと、しっかり大切にして、お守りするのよ」

「………」

「あははは、ビビってるわねえ」

「そんなこと言われてビビらなかったら、人間じゃないかと……」

「面白いこと言うわね、旦那様って」

マルさんは耳をぴくぴく動かしつつ、愉快そうに笑った。

いや何も面白いことではない。

マルさんのような魔界の力を持った魔獣を、ベルルはあと二匹も使役しているのか。

やはり、ベルルは魔王の娘なのだなと改めて意識する。

魔王は死ぬ間際、娘に三匹の魔獣の契約を移したと、あの地下牢で老人が言っていたっけ。

いったいどのような状況だったのだろう。

「マルちゃん、缶詰のソーセージしかないけど、これでいいかな……」

ベルルが部屋に戻って来た。

するといつの間にか、マルさんは子犬の姿に戻っており、可愛らしい素振りでしっぽを振っている。

何と言うか、猫をかぶっていると言うか犬をかぶっていると言うか……

そのままベルルに手渡されたソーセージをくわえると、マルさんは魔界へ帰っていった。


「朝日が眩しくて……」

「……眠れない」

夜に十分寝られなかった分、午前中は寝ようということになったのだが、二人ともなかなか眠れない。

窓の多い別荘だからか、朝日が異様に眩しいのだ。

するとベルルがベッドで横になったまま寄って来て、僕の方に顔を向けて言う。

「ねえ旦那様、今日来たあの騎士様は……オリヴィアさんの旦那様？」

「ああ。オリヴィアと五年前に結婚した、ジェラル・レッドバルト。ジェラルの長い猛アプローチに、オリヴィアが折れたといった感じだったたな」

「旦那様、昔からあの方たちとお知り合い？」

「そうだ。学生の頃、僕とオリヴィアは……王都の魔法学校で共に魔法を学ぶ同級生だった。ジェラルは騎士学校の生徒だったが、どこでオリヴィアに惚れたのか、よく校門のところで彼女を待っていたな。……今考えたら半分ストーカーだった」

「ふーん」

「……ストーカーって分かるか？」

「ううん」

ベルルは首を小刻みに振った。

そうだろうとも。

「まあ……君は知らなくていい」

「どうして？」

「……」

僕はフッと笑って、ベルルに背を向けた。

一瞬、いつも僕の背についてくるベルルの姿を思い出した。まあ彼女はどちらかと言うと、カルガモの親についてくるヒナと言うか……

「……フフ……」

「旦那様、どうして教えてくれないの？　ねえ、旦那様ったら……っ!!」

ベルルが僕の背を揺すっている。

僕はなぜか笑いが止まらなかった。

ベルルは「もう!!」と、何度も何度も僕の背を叩く。

「ああ……良いマッサージだな……」

「もう旦那様ったら!!」

「昨晩色々あったからなあ……肩も腰も凝るさ。僕もそう若くないし……」

「……そうなの？」

「そうそう」

僕が冗談でそう言うと、彼女はなぜか僕の背に、その小さな拳を当て、ぐりぐり押した。

「え……何？」

「……マッサージ」

「ベルル、マッサージが出来るのか？」

「ううん……でも……お母様が昔、こうやって……お父様に……」

そこまで言って、自分で何を言ったのか気づき、ベルルはハッとしたようだった。

「もしかして……思い出したのか？　自分の両親のこと」

僕は慌てて、ベルルの方に向き直る。

彼女はぽかんとしている。

「う、ううん……何でかしら、とっさに口から出て来たわ。ポロッと……」

「……」

ベルルは自分の手をじっと見つめている。

僕は少し、眉を寄せた。

彼女はやはり曖昧ながらも、魔王のもとで暮らした記憶があるのだ。それは生活の中のふとしたきっかけで、思い出せることなのかもしれない。

少し動揺しているベルルを引き寄せ、僕はポンポンと背を撫でる。

「サフラナもそこそこマッサージが上手いが、あいつのは本当に痛いと言うか、凄く本格的だ。まあ効果は抜群だが……ベルルにそんなことが出来るとは思わなかったな」

「……本当？　私、サフラナに習おうかしら」

「はは。無茶はよせ。あのおばさんは僕と変わらないくらい力が強いんだから」

「そうなの？」

「パワフルな人さ」

日頃、家中の掃除や家事を一人でやっているのだから、あんな風にもなるのか。

「それに比べ、ベルルはまだ細くて力も弱いな。腕も棒みたいだ……」

僕はベルルの腕を取って、ぶらぶらさせてみる。

彼女はぷくっと頬を膨らませると、

「これでも、グラシスの館に来る前よりはふっくらしたわよ」

と言う。世の中のお嬢さん方が痩せることに異常な執念を燃やす今の時代、彼女は常に反対のベクトルへ進む。

「まあ、まだまだ君は細いよ。腰も折れそうだ。コルセットを締め上げる必要がないじゃないか」

「そんなことないわよ。私、あんまり体の起伏がないし……オリヴィアさんなんてあんなに大人っぽくて、胸も大きくて……」

「いやまあ、あれは特別と言うか……」

段々話が変な方向へ向かっている気がした。なぜ胸の話に？

僕は一度咳払いする。

「まあ、ちゃんと食べて、太陽を浴びて、健康的な生活をしていたら、なるようになるさ」

「そうなのかなあ。私、本当に小さいのよ？」

「いやその……それが悪い訳じゃないし……」

ベルルはやたらと自分の胸を気にしているものだから、僕も若干気になった。思わずそちらに視線を向けそうになり、いやいやと首を振る。

ベルルの無防備さが逆に罪深い。

「も、もういい。もう寝よう!!　な!!」

「……旦那様？」

「……はい寝た!!　僕はもう寝たぞ!!」

いい歳して、この程度で気を乱す自分が、男として情けない。

彼女に背を向け、寝たふりをする。

「おやすみなさい、旦那様」

ベルルは僕の背にピトッとくっつくと、そのまま寝息を立て始めた。

背に当たる、彼女の胸元の感触がいやに気になる。ここ最近、彼女が僕にくっついて寝るのは当たり前で、何てことなかったのにな……

僕はこの別荘へ来る前サフラナに言われたことを思い出し、彼女の言葉を呪文のように唱えながら無理矢理眠った。

## 9　水彩

次の日の朝、別荘からグラシスの館へ戻った僕はモーニングコーヒーを思わず噴き出した。

王宮への出勤前、王都新聞を読んでいたら、そこに昨日の事件についての記事があったのだ。

〝王宮魔術師、密猟者捕える〟

こんな感じのタイトルで、小さな記事ながらモノクロ写真も付いていた。

僕と、その奥にぼんやりベルルも写っている。いったいいつ撮った写真なのか。昨日ジェラル率いる兵たちが現場の写真を撮っていたから、その際だろうか。

魔法結晶の開発により写真の技術も比較的向上したとはいえ、写真機など一般人には手が届かない高級品。

いやうちだって貴族だが。しかし写真機は持っていないので、ベルルの写真は貴重と言える。

僕がはっきり写っているより、ベルルがはっきり写っている写真の方がよかったなと、内心思ったり……

いやしかし、ベルルが世間の目に触れるのも何か癪《しゃく》だと思ったり。

それにしても、記事の内容は淡白なものだった。

別荘を訪れていたグラシス夫妻が密猟者に遭遇、その際僕が密猟者を魔法で捕えた、とだけ書いてある。

密猟者が狙っていたものは森の鹿や狐ということになっていて、妖精のことは伏せられている。

まあそこはまだ不明な点が多くあることから、国によって事実を伏せさせられているのだろう。

僕のようなただの王宮魔術師が口出しすることではない。

しかし困ったのは、〝僕〟が密猟者を捕えたことになっている点だ。

確かに、密猟者を拘束したのは僕だが、実際彼らを蹴散らしたのはマルさんだ。

マルさんの存在を知られるよりはいいが、この新聞のせいで研究室の者たちからからかわれることになるのは必至。

「あ、旦那様だわっ!!」

ベルルが僕の読んでいた新聞を覗き込んで写真を見つけ、声を上げた。

「写真だよ。ベルルは初めて見るかい？」

「ええ！　わあ……素敵ね」

ベルルは表情をキラキラさせながら、新聞の上の僕を指で撫でる。

「ねえ旦那様、その新聞の写真、私、貰ってもいいかしら？」

「どうするんだい？」

「も、持っておいて、見るの。旦那様がお仕事で居ない時に……」

ベルルは何だかもじもじしながら、そう言った。

改めてそう言われるとどこか恥ずかしいが、嬉しくも思う。

「あ、ああ。そういうことなら、サフラナにハサミを借りて、切り取ればいいさ」

「本当!?」

「ああ。こんな小さな写真でよければ……」

「私、サフラナにハサミを借りてくる!!」

ベルルは嬉しそうに、サフラナのところへ行ってしまった。

そしてふと思った。

自分もベルルの写真があればよかったなと。

「写真か……」

僕らは式も挙げていなければ、夫婦で写真も撮っていない。

いつか写真館にでも行って、撮ってもらおうか……

「旦那様っ!!　ハサミよ!!」

ベルルがハサミを持って駆けて来た。

「こ、こら。ハサミを持って走っちゃ駄目だ。危なっかしいな君は……」

「そうなの？」

ベルルはハサミを見つめながら、慎重にちょこちょこ歩き出した。

そして新聞を受け取ると、写真の部分だけ切り取って嬉しそうに眺めている。

「これをスケッチブックに貼りましょう！」

「スケッチブックに？　どうして？」

「だって、いつも持ち歩いているものだもの。中庭で植物を観察している時に……」

ベルルはそう言って、スケッチブックを持って来た。

スケッチブックには観察してきた植物のクロッキーが多くあり、その隣に色や匂いなど色々とメモされている。

と言うか、ベルルって絵上手いな!!

「びっくりした……君、絵を描くのが上手いな」

自分が極端に絵が下手なせいからか、特にそう思う。

ただの鉛筆でさらさら描かれたものだったが、ベルルにこのような特技があったとは思わなかった。

「そう？　見たまま描いているだけよ」

「そうは言っても……なかなかこうは……」

見たまま描いても、花が謎のクリーチャーになってしまう僕には、到底真似出来ない芸当だ。

スケッチブックの隙間には、きっと彼女が見かけたのであろう、沢山の妖精の絵があった。

彼女が中庭でこのようなものをちまちま描いているのだと思うと、何だか微笑ましい。

「ほら見て、旦那様！　写真を貼ったわ!!」

ベルルは嬉しそうに、それを僕に見せる。

「ああ……なるほど。凄いぞ」

何がなるほど凄いのか自分でも分からないが、僕はそう言って頷き、彼女の頭をポンポンと撫でる。

ベルルは胸元でぎゅっとスケッチブックを握りしめ、「ふふっ」と笑った。

「ねえリノ。ジェラルから聞いたわよ!!　本当にごめんなさいね、せっかく夫婦水入らずの休暇だったのに」

研究室に着くと、まずオリヴィアがそう声をかけて来た。

「い、いやいや。ジェラルには感謝しているんだ。あの別荘での時間はなかなか有意義だった」

「そう？　だったらよかったのだけど……」

「申し訳ないのはこっちの方だ。夜中にジェラルを呼び出したりして」

「え？　ああ、いいのいいの。あの時間、私あいつをガミガミ怒っていたのよ。……まあ、ちょっとしたことでね。逃げる口実が出来てよかったんじゃないの？」

「……そうなのか？」

「あいつってば本当……もう……はあ」

いったいレッドバルト夫妻に何があったというのか。気になるところではあるが、あえて聞かずにおいた。

それからやはり、クラウスや研究室の面々に、昨日の密猟者事件について聞かれまくる始末。

僕は聞かれる度にいちいち、そのことについて説明するはめになった。

しかし妖精のこともマルさんのことも言えないので、説明には非常に苦労した。

「はあ……それにしても若奥さんとレッドバルトの別荘で休暇か……くそっ、幸せ死しろ!!」

ここ最近それしか言ってない気がするクラウス。

「そんなに羨ましいなら、もういっそお見合いでもしなさいよクラウス。私、レッドバルトのつてで良い娘さん紹介して上げましょうか？　いやでも、あんたと結婚する娘さんは苦労しそうね……」

「どういう意味だ」

「そういう意味よ」

ああなるほどなるほど。僕は頷く。

クラウスはまだガミガミ言っていたが、この気遣いの欠片《かけら》もない七三眼鏡の相手を出来る女性がいるなら、確かにお目にかかりたいものだ。

そんな風に研究室で仕事をしながら、僕はふと思いつく。

ベルルの暇つぶしになるなら、彼女にもっと画材を与えて絵を描かせたらどうだろうかと。

あんな鉛筆一本よりは、色鉛筆や絵の具があった方が楽しいに決まっている。


王宮には、宮廷画家の為の画材店というものがある。休み時間にそこに行って、画材を見てみた。

そもそも魔術師が画材店までやってくることは少なく、店内の宮廷画家たちは僕の制服を見てどこか不思議そうにしていた。

「あれ……リノ、どうしたの？」

「ああ、フィオか」

画材店には、幼なじみのフィオナルド・コレーが居た。僕を見てどこか驚いている。

とはいえ、彼は感情を表に出さないタイプであり、いつも淡々としていて、普通の人には彼が驚いているのだとは分からなかっただろう。

僕は、幼い頃からの長い付き合いで、しかも魔法学校では同じ班だったくらいなので何となく分かるというだけだ。

フィオは少々変わった男で、魔術師一門に生まれ、魔法学校にまで通ったのに最終的に宮廷画家になったという、普通ではない経歴を持つ。

天才と呼ばれる程魔法の才能もあったが、それ以上に画家としての才能が大きすぎたのだ。

我が道を行くタイプだった彼は、結局絵を取った。

「そう言えばリノって結婚したんだね。今朝の新聞で読んだよ。たまたま新聞を読んだんだけど」

「あ、ああ……お前と会う機会がなかったから、報告してなかったな」

「おめでとう。ちょっと安心したよ」

さて、僕の学生時代のことをよく知るフィオだ。当然前の婚約者とのあれこれも知っている。

彼が人におめでとうとか、安心したとか言うことは少ないのだが、それほど僕を哀れに思っていたという訳だ。

若干複雑ではある。他人に興味のない彼にさえ、哀れに思われていたとは。

「あ、ありがとう」

一応お礼は言っておく。

「それで、その……妻に画材を与えたいのだが、どれがいいのだろうと思ってな。僕は絵のことは全く分からないから……」

「奥さん、絵を描くの？」

「ああ。習っていたという訳では全然ないのだが、植物をよくスケッチしたりしている」

「ふーん。まあ、初心者なら、色鉛筆や水彩が無難なんじゃないの？」

フィオはそう言って、画材店のどこかから、固形の透明水彩がセットになった木箱を持って来た。

なかなか高級感のある画材セットだ。

「このボックスなら、絵の具も筆も、水桶も、必要なものは全て入っているし、なかなか使い勝手が良いよ。二十四色くらいでいいよね。特にメルベイン社のものがオススメ……」

「は、はあ」

結局僕は、フィオに薦《すす》められるままその水彩ボックスを購入した。

彼は画材店の回し者か。

とはいえ、なかなか良い買い物をしたと思う。

ベルルは喜んでくれるだろうか。

◆◆◆

館へ戻ると、ベルルがいつものように出迎えてくれた。

「旦那様、お帰りなさいっ!!」

「ああ」

「……旦那様、その木の箱、どうしたの？　素敵な箱ね」

ベルルは僕の持っている木の箱が気になったようだった。

「……良いものだよ」

「良いもの!?　何かしら……」

「玄関では何だから、とりあえず居間へ行こうか」

僕の後をぱたぱたと付いてくるベルル。

居間ではサフラナが、夕飯の準備をしていた。

「坊ちゃん、お帰りなさいませ。夕飯の準備は出来ていますが」

「ああ。頼む」

席に着くと、ベルルが向かい側に座り、身を乗り出して僕に言う。

「あのね旦那様、今日はね、サフラナと一緒にパンを焼いたのよっ」

「ほお」

「あ、でも心配はいらないわ。ちゃんと食べられるわよ」

「ふっ……別に心配なんてしてないぞ」

ベルルは「本当？」と首を傾げる。

その様子が可愛らしくて、思わず笑ってしまった。

「さあさあ、お夕飯はシチューとサラダと、奥様と一緒に作ったパンでございますよ。奥様は器用ですからね、お料理もすぐに覚えてしまわれます」

「でも、私、力がないから、パンを捏《こ》ねるのはサフラナにやってもらったようなものよ。サフラナは力があって凄いんだもの」

「おほほ、奥様ったら。奥様も数年、このサフラナのようにパンを捏ね続ければ、このような力こぶになりますよ」

サフラナは腕を曲げ、盛り上がった自分の力こぶを叩いた。なんと逞しい。

いやでも、ベルルにサフラナのような力こぶは、正直ついて欲しくないなと思ったり。

「腕相撲では坊ちゃんにも負けません」

「そうなのサフラナ、凄いわね～」

確かにその通りだが。これまでも彼女に、ジャムの瓶が開けられないから開けてくれなどと頼まれたこともないくらいだし。

夕飯に出て来たベルルとサフラナの手作りパンは、いつもとは違った味がする。

いや、味自体はそう変わらないはずだ。だがベルルはパンも焼けるようになったのかとしみじみ考えながら食べるパンの味は、どこか違うように感じるのだ。

勿論、とても美味しいという意味で。

食事の後、僕はベルルを呼んで、寝室へと向かった。

部屋のソファーに落ち着き、水彩絵の具のボックスをベルルに手渡す。ベルルはソファーに座ったまま、その箱を大きな瞳で見つめていた。

「これ、私が貰っていいの？」

「ああ。君の為に……その、王宮で買って来たんだ」

「まあ、旦那様っ」

ベルルはその箱に施された装飾をうっとり眺めた後、ゆっくり箱を開ける。

「わああ……っ」

木箱の中は段々になっていて、色とりどりの水彩絵の具が四角い窪《くぼ》みに埋め込まれている。

ふわりと、絵の具と木箱の匂いが漂《ただよ》ってくる。

「素敵素敵っ!!　まるで宝石箱みたいよ!!」

ベルルは色を数え、何度も感嘆の声を漏らした。そして、キラキラした瞳を僕に向ける。

「旦那様、これって絵の具でしょう？」

「あ、ああ。よく分かったな」

「ええ。これが絵の具ということは知っているわ。これ、本当に貰っていいの？　私が使っていいの？」

「勿論。君が、絵を描くのを楽しんでいたから、色があった方がいいかなと思って」

「凄いわ旦那様!!　私、ここ最近、ずっとそう思っていたのよ!!　色を付けることが出来たらもっと素敵だろうなって……っ。旦那様って、私の考えていることが分かるのね」

ベルルが喜ぶことは何だろうとただ考えていただけだが、それがだんだんと彼女の望みと噛み合うようになって来たのだろうか。

それは徐々に僕らが、お互いのことを分かって来たということだろうか。

「嬉しいわ嬉しいわっ!!　私、これから毎日この絵の具を使って絵を描くわ!!」

「喜んでくれるかい？」

「当然よ!!　私、本当に色を付けるものが欲しかったもの!!」

ベルルはどうにかして、僕にその喜びを伝えたいようだった。

絵の具のボックスをテーブルの上に置くと、そのまま僕にぎゅっと抱きつく。

「な、なんだいベルル」

「旦那様って凄いわ。どうしていつも、私の嬉しいことばかりしてくれるのかしら。魔法使いだからら？」

「いや……そういう訳じゃないだろうが」

「私も、旦那様の嬉しいこと、いっぱいしてあげたいのにな。でも私、何も出来ないのよ……」

ベルルは僕を抱きしめ、顔を胸に埋《うず》めたまま、そう言った。

あまりに切なげで、思わず抱きしめ返す。

「何を言っているんだベルル。君は今日、パンを焼いてくれたじゃないか。美味かったぞ」

「……本当？」

「ああ。君は何も出来ないと言うが、僕から見たら、随分色々と出来るようになっている。植物の名前もたくさん覚えたようだし、料理だって毎日サフラナに教わっているんだろう？　絵だって描けるじゃないか」

「刺繍《ししゅう》も習っているのよ」

「凄いじゃないか!!」

躊躇《ためら》いがちに顔を上げたベルルを見つめ、僕は彼女の目にかかる前髪を払った。

「僕は……君が喜んでくれれば、それでいいんだ」

「……旦那様」

「……僕は……」

僕は、きっとベルルの笑顔が見たいのだ。

彼女の笑顔が見たいから、彼女の喜ぶことをしたいと思ってしまう。

僕自身ベルルの存在に癒され、助けられている。

彼女の居る家に帰りたいと思えることが、どれ程僕にとって救いとなっているか。きっと彼女は知らないだろう。

その時、僕はふと、自分の望みを思いつく。

「なら、僕の望みを聞いてくれるか？」

「何でも言ってちょうだい！」

「今度、写真館へ行かないか？」

そう言うと、彼女は少しぽかんとした。

「写真館……？」

「そうだ。僕らは夫婦になったのに、家族写真をまだ撮っていないだろう？　僕は、君の写真が欲しい。その……僕も持っていたいんだ。君の写真を」

出来ることなら、仕事場のデスクの上に飾っていたい。家族持ちの研究員が皆、写真立てに飾って置いているように。日々の励みにしているように。

「家族……写真……？」

「そうだ」

ベルルはいきなり、顔をポッと赤らめた。彼女がこのように照れた様子で赤面するのは珍しいので、どうしたことかと思う。

「わ、私の写真……？」

「ああ。何だ、恥ずかしいのか？」

「う、うん」

「ははは」

彼女は僕の体を離し、自分の頬を手で覆う。

なぜか真っ赤になったベルルが、いつもよりいっそう可愛らしく見える。

「私……大丈夫かしら。見映えの良いものでもないと思うのだけど……」

「いつも思うが、君は自覚がないな」

「……？」

ベルルはいまだに、自分があまり美しくないと思っている。

当然、地下牢ではあのような姿だった訳だし、醜いと言われたこともあると言っていたから、そう思ってしまうのだろう。

そりゃあ、好みは人それぞれだろうけども、彼女より美しい女性がいるなら連れて来て欲しいものだ。僕の目には、妻フィルターでもかかっているのだろうか。

「だっ、大丈夫だ。着飾って、笑顔の写真を撮ろう」

「……旦那様も一緒に撮るのよね？」

「ああ、家族写真だからな」

「……ふふ」

ベルルはだんだんと、いつもの輝かしい笑顔になっていった。

そうそう、それだ。

その笑顔を、僕はいつも見ることが出来ればと思っている。

# 10　休日

王都の写真館へ赴いたのは、それからすぐの休日のことだった。

運良くこの時期は空《す》いているらしく、すぐに撮影してもらえることになった。

せっかくなので、サフラナやハーガス、レーンも一緒にどうかと言ってみたが、彼らには一斉に首を振られた。

サフラナの言い分としては、こうである。

『お二人がグラシス家なのでございます。家族写真に、使用人は不要ですとも。いえね、坊ちゃんがお誘いしてくださるのは大変嬉しいことなのですが、まずはお二人でお写真を撮ることを考えてくださいませ。その写真なくして、私どもがご一緒する訳にはいきません』

サフラナには、グラシス家に仕える侍女としてのしっかりとしたこだわりやプライドがある。

だからこそ、僕ら二人で写真を撮るように言ったのだ。

まずはその一枚が大切なのだと。

「はい、では撮りますよ」

写真館の主人がカメラを覗き、僕ら若夫婦のシャッターチャンスを窺う。

ベルルは金細工の椅子に座って緊張した様子だった。僕は彼女の肩に手を置き、リラックス出来るようにと小さく笑いかける。

でもサフラナの言う通り、まずは僕とベルルの一枚が必要なのかもしれない。

グラシスの名を抱える僕らが、確かな夫婦としての像を、写真に残すのだ。

それから、また彼女たちと共に写真を撮りたいと言ってみればいいのかもしれない。


「ふふふ、どんな風に撮れているかしら。いつ出来上がるかしら」

「ベルル、君は写真を撮られている時は、あんなに緊張していたのにな」

「撮ってしまったら、やっぱり出来上がるのが楽しみよ‼　緊張はしたけれど……きっと写真を撮られるのに慣れていないからだわっ」

写真を撮り終わった後、僕とベルルは写真館の側《そば》のお洒落なカフェで、ゆっくりとお茶をした。

ベルルはバニラのアイスを食べたことがないと言うので、一つ頼んでみる。僕はいつものように無糖のコーヒーだ。

やがて運ばれて来たバニラのアイスは、ガラスの小皿に丸く綺麗に盛られていた。

「これがバニラのアイス……？　真っ白ねえ」

ベルルは不思議そうにそれを見つめ、金色の小さなスプーンを手に持った。それからその丸く乱れのないアイスを一掬《ひとすく》い目の前に持って来て、またじっと見つめている。

「食べてみろ。甘くて美味いぞ。女性は皆、好きだ」

「そうなの？」

僕に促されたベルルは、その一掬いを小さな口に運んだ。

その瞬間、ベルルはあからさまにピクッと体を動かした。

声にならない声。ベルルは眉を寄せ、何やらスプーンを握ったまま手を上下に振る。

「……プッ」

予想以上の反応に、僕はコーヒーカップを皿の上に置いて、顔を背《そむ》けて笑った。

「冷たいわ!!」

「……」

「甘いわ!!」

やっと一口分が溶けきったアイスの衝撃を、ベルルはどうにかして僕に伝えたいようだ。

「それが、アイスクリームだ」

「衝撃的よ!!　とっても美味しいもの」

「気に入ったかい？」

「ええっ。私、このバニラのアイスってとても好きっ!!」

「だと思ったよ」

ベルルはそれから何度も、ちまちまとアイスを掬っては、幸せそうに口へ運んだ。

冷たさに眉を寄せつつも、その甘みの中にたまらない何かを感じているようで、その度に僕を見上げる。

その様子を見ているだけで、甘みのないコーヒーにも、僕はどこかバニラの風味を感じるような気さえするのだった。

◆◆◆

グラシス家の敷地内にある畑はそれほど大きくはないが、研究も兼ねてあらゆる野菜が植えられている。

基本的にはハーガスがその面倒を見ているが、庭師のレーンも手伝うことがある。僕も休みの日には畑仕事を手伝い、肥料の改良の余地を探ったりする。魔法肥料も、うちで昔から扱ってきた分野だ。

そんな畑のジャガイモを、今日収穫する。

「わあ……畑から沢山妖精が出て来たわ!!」

麦わら帽子をかぶって髪を二つに結《ゆ》った作業着姿のベルルが、ジャガイモを掘った所から妖精がわらわら出て来るのを面白がった。

「妖精が沢山居るということは、今年のジャガイモはよく育ったということだ。ハーガスがしっかり面倒を見ていてくれていたからな」

「そうよ!! ハーガスはいつも畑仕事を頑張っているもの。私、たまにお外に出て見ていたのよ」

ベルルがハーガスに向かってそう言うと、ハーガスは黙々とジャガイモを掘りつつも照れくさそうに「よしてください奥様」と小声で答える。

ハーガスは白髪頭の無口な爺さんだが、働き者の仕事人だ。

「旦那様～。ここのジャガイモ、本当に好きなだけもらっていいんですか!!」

レーンが瞳をキラキラさせて、収穫したばかりのジャガイモの山を指さした。

彼の家は王都の裏側のスラム街にあって、非常に貧しい。その上大家族だ。我が家で食べる分など微々たるものだから、好きなだけ持っていってもらって構わない。

「こ、これが今月の給料とか言いませんよね!? 今月の給料もちゃんともらえるんですよね!!」

「お前は本当に守銭奴《しゅせんど》だなあ」

「リアリストなんですよ。俺は大人に騙される子供じゃありませーん」

レーンは賢い。その才能が貧しさ故につぶれてしまわないよう、僕は我が家の書庫を彼に開放し、好きなように勉強していいと言ってある。既に国家庭師の免許は持っているのだから、将来は立派な王宮庭師にでもなってくれればいいなと思っている。

お昼には、サフラナが採れたジャガイモを使ったポテトサンドを用意してくれた。

沢山のジャガイモを茹《ゆ》で、大雑把に潰し、塩胡椒とマヨネーズで味付けしたものをパンで挟んだシンプルなものだが、それを皆で畑の脇に座って食べるのはなかなか趣《おもむき》がある。今日は比較的暖かい。とはいえ、冬を前に木々はそろそろ葉を落とし、風は少し冷たくなって来ていた。

「冬か……」

近年、魔法結晶の開発が進んで国民の暮らしは随分楽になったが、魔法結晶を使った暖房器具などはまだまだ高価で、冬を越すには様々な準備が必要である。

ベルルにも冬用のコートやブーツを買ってやらないといけないな。

「来週の休みに、例年通りジャガイモの半分を市場に売りに行くが、その時冬用のあれこれを揃えようと思っているんだ。ベルル、君も一緒に来るか？」

「いいの!?」

ベルルはわーいと両手を上げ、嬉しそうにそこらを駆け始めた。

「旦那様、それならば病院にお薬も届けられたらどうです。冬になったら、なかなかここまで来るのも大変そうですし」

「それもそうだな」

サフラナの提案に、僕は頷いた。

スラム街と王都の間にあるシグル病院に、グラシス家は定期的に薬を提供している。勿論お代はもらうが、通常の値段よりずっと安くしてある。もうずっとお得意さんで、長い付き合いになるからだ。

以前は一人娘のセーラさんがうちまで買いに来ていたが、近ごろは他の助手が買いに来るようになった。

「それと坊ちゃん……つい最近、ヴェローナ家がラゴッツ商店と手を組んだという話です。我が家から奪った秘術書の魔法薬で、また荒稼ぎする気ですよ」

「……仕方のないことだ。今となっては、あちらの方が本家みたいなものだからな」

ヴェローナ家とは、三代前に分裂したグラシス家の分家だ。彼らは僕の両親が事故にあった際、若い僕だけではグラシス家の秘術を守りきれないと、強引に秘術書を奪っていった。だから僕の手元には、父が別に隠しておいてくれたものしか残っていない。

ベルルは不思議そうにしつつも、僕とサフラナの会話の空気を読み取って眉をひそめていた。

「別にいいんだ、僕は。正直今の方が気楽で楽しいさ」

「まあま、甲斐性《かいしょう》なしですね坊ちゃん」

サフラナが大げさに笑う。ベルルは「楽しい？」と僕の顔を覗き込んで来た。

「ああ、楽しいとも。平和で、食うに困らなくて、仕事も充実していて……」

「綺麗で若い奥さんも居ますしね、旦那様！」

「そうそう。綺麗な奥さんも……」

って、何を言わせるのかレーンの奴。

僕が赤面するのを、レーンはニヤニヤしながら見ていた。

「私も楽しいわよっ!!」

ベルルが僕の側《そば》にちょこんと座り込んで、「ふふ」と笑って腕にしがみついた。

「旦那様も、みんなも、大好きっ!!」

ベルルの華やかな声が、畑に響く。

彼女は本当に不思議な娘だ。居るだけで空気が柔らかくなり、晩秋の日差しすら明るく見える。

サフラナはなぜか目頭を押さえていた。

「私もね、奥様。奥様のような明るく可愛らしい無垢な方にお嫁に来ていただき、本当に感謝しているのですよ。坊ちゃんは色々あって、本当にお可哀想で不憫《ふびん》な立場に追いやられてしまいました。本人がこんなですから、もう一生独身かもしれないと、私も覚悟していたのです……」

「こんなって何だ、こんなって」

「でも、最近は毎日、坊ちゃんが楽しそうにしていて……本当にもう……っ」

サフラナは自分の前掛けで顔を覆い、おいおい泣いていた。

まあサフラナは感情的で、すぐに泣くから。でもそんな彼女を、僕は祖母であり母だと思っている。

「どうしたのサフラナ。泣かないで。どこか痛いの？」

ベルルが心配してサフラナに駆け寄る。

サフラナは「いいえ、大丈夫ですよ奥様」と笑って答える。

ベルルはサフラナの背に抱きつき、「大好きよサフラナ」と言った。

僕も、今のグラシス家がとても好きだ。

何かの名誉を取り戻した訳でなくとも、健やかな毎日を送ることが出来るだけでいいじゃないか。

サフラナに言われた通り、僕は最近、とても楽しい。

## 11　病院

冬を前に、様々な用事で王都へやってきた。

まず写真館へ行き、以前夫婦で撮ってもらった現像写真を受け取った。

その場で少し覗いてみたが、二人とも穏やかに笑っていて、よく撮れている。

特にベルルは本当に美しく写っていて、写真館の主人には感謝するしかなかった。

僕ら二人の写真をマジマジと見て、ベルルも嬉しそうにしてくれた。

さて、ベルルはグラシス家で冬を越したことがないから、必要なものは沢山ある。

「君は寒さに弱いか？」

「うん。寒いのは嫌」

「その……前に居た所ではどうしていたんだ。地下の……」

「あの場所はすっごく寒かったの。毛布も一枚しかくれなかったし、牢屋番のバジリが炭火を持って来てくれた時は、その側《そば》で毛布に包《くる》まって寝ていたわね」

なんて酷い話だろう。

ベルルは平気そうに話すけれど、聞いている方はたまったものじゃない。

「よし。じゃあ、コートと、ブーツと……首巻きと帽子と手袋……防寒着は一通り揃えよう」

「旦那様、大丈夫？」

「心配するな。冬はボーナスが入る!!」

「わあ凄い!!」

王都の人ごみの中で、そんなどうでもいいことを言い合う僕ら。

ベルルは僕の腕に身を寄せ、ニコリと笑う。彼女が楽しそうなら、それだけでいい。

最近は女物の服屋に入るのにも抵抗がなくなって来た。

特にベルルが気に入っている店で、淡いベージュの厚手のコートと内側がふわふわしているブーツ、毛皮の首巻きと帽子、指先の丸い手袋を買う。
流石に今の時期に試着すると、「暑い……」と言っていたけれど、それらを身につけた彼女はもこもこしていて、なんと言うか愛らしい。

「ぷっ……」

「あ、旦那様が笑ったっ」

ベルルがぷくっと頬を膨らませる。それがまた可愛い。

「今は暑くても、真冬になったらすぐ寒い寒いと言い出すさ。さあ、他に欲しい服があるなら言うといい」

ベルルは試着した冬用の防寒着を脱いで店員の女性に渡すと、店内を見て回った。

「ねえ旦那様!! 旦那様はどちらがいいと思う?」

彼女はすぐに二つの服を持って来た。

一つは黒いリボンが付いた黄色のドレスで、もう一つはワインレッドのドレス。

彼女がワインレッドのような落ち着いた色を選ぶとは珍しい。とはいえ、レースが大きめなので大人っぽいドレスという印象はあまり受けない。

「黄色のドレスはいくつか持っているだろう。君は黄色が好きだから」

「そうなの。だから、いつもはあまり着ない色がいいかなと思って」

「赤い方が、少し気になるな。試着してみたらどうだ」

「うん!!」

そのまま彼女は意気揚々と試着室へ。僕はまた客用のテーブルに座って、先ほど受け取ったばかりの写真を眺めていた。

実は写真を撮られる際、ベルルがこっそり僕の上着の裾を掴んでいたのだが、それを思い出すとニヤけてしまう。幸か不幸か、その部分は写真館で持たされたブーケに綺麗に隠れていた。

そんな時、この店の店長である中年の淑女《しゅくじょ》が僕の方へやってきた。

まずい、ニヤけ顔を見られてしまったのではないだろうか。

「いつもご利用ありがとうございます、グラシス様」

「え……あ、いや、こちらも助かっている。妻のお気に入りの店なんだ」

「まあまあ。奥様のようなお美しい方に着ていただけるのですから、ありがたいことですわ。グラシスの奥様程、うちの服を着こなせる方は居ないと、従業員たちの間でも評判です」

「ほお」

「それでですね、こちらは特別なお客様にだけ差し上げているカードなのですけれど……」

店長は僕の前に金色の立派なカードを置いた。

「今後こちらを見せていただきますと、商品が二割引になります。よかったらお使いください。今後ともブティック・フレアをごひいきに」

これはありがたい。今日は特に買い物が多かったから、予定より随分安くなって密かに嬉しい。

その後、ベルルはやはりそのワインレッドのドレスを美しく着こなした。黒髪の巻き毛とよく似合っていて、いつもより僅かに艶《なま》めかしい。

同じ生地で出来た、フリルとリボンの付いたヘアバンドも買って、今日はその衣装を着て王都を回ることにした。


買った品物をハーガスの待つ馬車に乗せ、僕とベルルは薬を届けに病院へ向かう。

ベルルは新しいドレスを着て上機嫌だ。王都には、ベルルのものよりよほど手の込んだ豪華なドレスを着た貴婦人も多いが、ベルルの美しさの前ではかすんで見える。

道行く者は、皆彼女を意識せずにはいられない。それはある意味とても悩ましいことなのだが。

病院は都の端の、スラム街と接する所にある。ベルルを連れて来るのは少し心配だったが、ここの先生にも彼女を紹介しなければならない。

「ベルル、この病院はグラシス家がいつもお世話になっている病院だ。うちの薬を買ってくれるんだ」

「お得意様？」

「そうそう。そういうことだね」

僕らが病院に入ろうとした時、この病院の先生の娘であるセーラさんがタイミングよく出て来た。

僕らを見て、「あっ」と声を上げ驚く。

そして、とても気まずそうな顔をした。

「こんにちは、セーラさん。王都へ立ち寄る用があったので、冬の間の薬を持って来ました」

「グラシス様……」

セーラさんは僕とベルルを見て、どうしようかというような困った顔をしていたが、すぐに「こちらへ」と言って部屋へ通してくれた。そのままそこで少し待つように言われる。

「グラシス様、今少し大変なことになっているのです」

「……?」

「ヴェローナ家の若様がまたこちらにおいでになっていて、自分のところの薬を買うようにとおっしゃっているのです。当然、父はグラシス家との繋がりを大切にしていますし、何よりグラシス家の薬の上質さを知っていますから、ずっとお断りしているのですが……今日はなかなか引き下がらないのです」

「何だって……!?」

ヴェローナ家と聞くと、僕は胸のうちがザワザワと急き立てられる。

何しろグラシス家とは様々な因縁のある一族だ。元々はグラシス家の分家だったのに、今はグラシスの秘術を奪って、本家のように振る舞っている。

きっとヴェローナ家は、グラシス家の顧客を全部奪っていくつもりなのだ。

奴らは今までもそうやって、多くのものを奪っていった。グラシス家を追いつめ、僕を陥《おとしい》れる為なら、何だってやって来た。

隣のベルルは心配そうに僕の手を取って、「大丈夫？」と聞いてくる。

「あ、ああ……大丈夫だ」

一瞬、過去の色々なことを思い出し、悔しくてたまらなくなったが、一度息を吐いて心を落ち着かせる。

「ヴェローナの若様ということは、ギルバット・ヴェローナですね、セーラさん」

「ええ。ギルバット様はラゴッツ商店とも繋がりがあり、あらゆる方面から圧力をかけてくるのです。私……もうどうしてよいのか……」

セーラさんは手を口元に当て、不安そうにしている。

この病院は以前からラゴッツ商店に目をつけられていたと聞いている。彼らは幅広い層に多くの患者を抱えるこの病院を傘下《さんか》に加えたいのだ。

しかしラゴッツの傘下に加われば、今までのような安い診察料で看ることは出来なくなる。その為院長のシグル先生は、それを拒否し続けている。

僕は持ってきた薬の箱をその場に置くと、席を立った。

「では僕が彼と話をしてきましょう。……どうなるかは分かりませんが」

「……グラシス様、しかし」

「大丈夫です。ご迷惑はかけないように心がけます」

セーラさんは不安そうにしていたが、すぐに「分かりました」と言って、僕を先生とギルバットの居る部屋に案内しようとした。

そこで黙って聞いていたベルルが、「旦那様!!」と僕を呼んで立ち上がった。

「ベルル、ここで待っていなさい」

「い、嫌っ!!　旦那様と行く!!」

「ベルル。僕は今からちょっと空気の重い……その何と言うか、あまり気分のいい場所に行く訳じゃない。君は居心地が悪いだろう」

「……ん〜〜っ」

ベルルは不安そうに首を振って、僕の背中にしがみついた。

「こ、こら……ベルル」

「私も行く!!」

セーラさんが不思議そうに僕らの様子を見ている。どうしようかと悩んだが、ベルルの腕を取って腰から離れさせると、彼女の目線に合わせて屈んだ。

「……ベルル、あまり君を、グラシス家やヴェローナ家の争いに関わらせたくはないんだ。ここで待っていなさい」

「……旦那様」

「そんな顔をするな。すぐ帰ってくるさ。セーラさん、ベルルをお願いします。先生はいつもの部屋ですね」

「……はい。えっと……わ、分かりました」

セーラさんは戸惑いつつも頷いた。

僕はベルルの頭を撫で、結局彼女を置いて先生の居る部屋へ向かった。

ベルルのしょんぼりした表情も気になるものの、今はもっと気を張らなければならないことがあった。


先生の部屋に入ると、そこには確かにギルバット・ヴェローナの姿があった。

たれ目で髪を後ろに流している胡散臭い男だが、一応親戚にあたる。僕と同じ歳だ。

「……グラシスさん」

「こんにちは、シグル先生。冬の分の薬を持ってきました」

僕とシグル先生が挨拶を交わす様子を、ギルバットは目を細めて見ていた。

そして白々しく笑顔で声をかけてきた。

「やあやあ、リノじゃないか。元気にしていたかい？」

「……ギルバット。君も元気そうだ」

僕の方はとても笑顔にはなれなかったけれど。

「グラシスさんも来たことだし、やはりはっきりとさせましょう。ヴェローナの若君、うちの病院は今後もグラシス家から薬を買うことをやめませんし、あなたのところの薬を買うことはまずありません」

「……はっはっはぁ。強情な人だな、あなたも」

僕が来たことで、シグル先生は改めてヴェローナ家の薬を買う気がない意を示した。

ギルバットは皮肉な笑みを浮かべ、肩を竦《すく》める。

「全く、今のグラシス家の薬を買って得なことなんて何もないと思いますがねえ」

それに対し、シグル先生は反論する。

「私はこの病院で、損得を優先的に考える医療をしているつもりはないぞ」

「そんなことを言っているから、いつまでたってもスラム街の連中の面倒ばかり見る、儲からない病院なんですよ、ここは。多くの客がいてもそれじゃあ意味がない。もっと上流の客が欲しいとは思わないのですか」

確かにシグル病院は、先生の腕の評判がいいので幅広い層の患者がやってくる。だが診察代が安い為お金のないスラム街の住人の割合が多く、儲けはほとんどないらしい。

「我がヴェローナ家の薬は実によく効く最新の薬です。貴族のお客様にも評判がいい。しかしそちらのグラシス家の薬は、一族の没落と共に客の離れていった薬です。グラシス家の薬を使っているというだけで、お客が離れていきますよ、はははは」

僕はずっと黙って聞いていた。まあ事実ではある。

もともとは多くの病院に薬を提供していたグラシス家だが、一家の没落と共に、その薬にいい印象を持たれなくなり、買い手は減っていった。

「一家の力で薬の善《よ》し悪《あ》しが変わる訳でもないのに、ばかばかしい!!」

シグル先生は一度茶をグッと飲んで、そう言い放った。

「ヴェローナ家の最新の薬など、その場しのぎのものだ。確かに早く効くが、効き目が切れるのも早く、その分多くの薬を投与しなくてはならない。商売第一のヴェローナ家の考えそうな薬だ。一見安くて良い薬を提供しているように見せかけ、長い目で見れば、多くの量を買わせているっ!!」

僕は目の前にたくさん並べられている、ヴェローナ家の薬のサンプルを眺めた。

ヴェローナ家はグラシス家の秘術を奪い、商品に活用していると言う。それらの薬は世間で奇跡の薬とも呼ばれているが、欲を張ったヴェローナ家は、それをどれ程多く売るかだけを考えて薬を作っている。そうやって大きな利益を出し、資産を築いた一族なのだ。

「しかしこちらも売り物が売れなければ新たな薬を作れない。商売とはそういったものです。善良な心だけで良いものは生まれません」

「……よく言うな。わざと薬の質を落として売っているくせに」

僕がポツリと呟いた言葉がギルバットには聞こえたようで、彼は瞳を細めて笑みを消す。

「薬をただの消費商品だと思っているのか。薬は信頼だ。そんな売り方をしていたらいずれボロが出るぞ」

「……リノは相変わらずだなあ。そんな古くさい考え方だから、お前は駄目なんだよ」

「何だって？」

「薬は信頼だって？　たとえ良いものを作っていても、もう誰もグラシス家の薬は買わないだろう？」

僕は奥歯を噛んで、ギルバットを睨む。

グラシス家の顧客を奪う為に、あらゆる病院や店に圧力をかけていったくせに、よく言う。

薄《うす》ら笑いを浮かべるギルバット・ヴェローナは更に続けた。

「そうそう、最近お前、結婚したそうじゃないか。婚約者に捨てられ、縁談話も来なかったお前が、いったいどこの誰と結婚したと言うんだい？」

「そ、それは……お前には関係のないことだ」

ベルルのことは何も話せない。ましてや、国王の命令で魔王の娘と結婚したなどとは。

ギルバットは僕が答えられないのを愉快そうに見ていた。

「まさか……まさか一般人の娘じゃないだろうね⁉　はははは、どこぞの馬の骨と結婚する程、グラシス家は落ちぶれたのかい⁉　何だったらうちが他に良い縁談を探して来てあげよう。まだ式も挙げていないんだろう？　間に合うんじゃないか？」

「……っ」

流石にその言葉だけは許せなかった。

僕のことは何と言われてもいいが、何も知らないこいつに僕らの結婚を悪く言われるのは許せない。

「お前にそのようなことを心配される筋合いはない!! お前がいくらグラシス家を陥れようと画策しようが、グラシス家の悪評を流そうが、僕はもう気にならない。……僕は今の生活に満足しているんだ、没落貴族だろうがな!!」

「……は、はは。何を言い出すかと思えば……」

いつもは何を言われても淡々としている僕が、急に声を張ったものだから、ギルバットは少し驚いていた。

そしてシグル先生がふっと息を漏らし、やがて大きな声で笑い始めた。

「グラシスさんがそのような熱いことをおっしゃるとは。ははは、セーラが言っていましたよ。グラシス家の奥様は驚く程美しいと。自分では到底敵《かな》いそうもないと……」

「……?」

僕がシグルさんの言葉に若干違和感を覚えながらも、目の前のギルバットに敵意をむき出しにしていた時だ。

突然扉が開き、この部屋にベルルが飛び込んで来た。

「旦那様っ!!」

「べ、ベルルッ!?」

突然のことで、シグル先生もギルバットもポカンとしている。

「旦那様、他の人と結婚しちゃうの!?」

「え、は？　なんでそんなことに……!?」

「だって、だってさっきそちらの方が……他に良い人を探すって……っ」

「ベルル、聞いていたのか!!」

僕は片手で額を押さえた。

「まさか。僕がそんな不誠実なことをすると思っているのか」

「だって……だって……っ」

泣きそうになっているベルルの肩を抱き、僕は外へ出て行こうとした。

「す、すみませんシグル先生、こんな時に……」

「いえいえ、どうぞ誤解を解いてあげてください。どうせこちらの話ももう終わりました」

シグル先生はニヤニヤしながら、どうぞと言う。

ギルバットは突然のベルルの乱入に言葉を失っていたが、シグル先生の皮肉な言い方にハッとして、眉を寄せる。

僕はとりあえず、ベルルを連れて急いで部屋から出た。

「ベルル、部屋で待っていろと言ったのに」

「だって……だって旦那様が心配だったのよっ」

「え……僕が？」

「旦那様、あの部屋を出て行く時とても不安そうな、硬い表情だったもの。大丈夫って言っていたけれど……私、凄く心配だったのっ!!」

ふと思い出した。確かに僕は、ヴェローナ家という言葉を聞いて、少し心を乱《みだ》していた。

その時、ベルルが僕の手を取って「大丈夫？」と聞いて来たのだった。

それはベルル自身が不安がっているのかと思っていたが、僕のことを気にしていたなんて。

しかし結果的にベルルは部屋の外で僕らの会話を聞いてしまって、この通りなんだが。

今にも彼女は泣きそうだった。

「た、確かに私は……あまり良い生まれではないけれど。でも、だ、旦那様のところにずっと居たい……っ。旦那様の奥さんでいたいわ!!」

「勿論だ。あいつの言うことなんか、僕は全く気にしていない。君も気にするな。そもそも、ベルル……この国において、君以上の家柄や身分を持った女性は沢山居ても、君以上に美しい女性が居るのだろうか？　あいつが探して来れるものか。それだけで、君は充分、凄いんだぞ」

「……そうなの？」

ベルルは自分がいかに美しいのか、多分、分かっていない。だからとても不思議そうな、不安そうな表情をしている。

「もっと自分に自信を持て」

僕は彼女の後ろ髪を撫で、そのまま腰を引き寄せた。

ベルルは僕の服の胸元を握りしめ、ぎゅっと顔を埋《うず》める。

「ははは、ベルル、せっかくの髪飾りがずり落ちているぞ」

「ほ、本当!?」

彼女は慌てて、髪飾りを整える。その様子が少し面白くて、笑ってしまった。

さっきまであんなに気が重く、心が乱れていたのに、不思議なものだ。

今はこんなに晴れやかである。

きっとベルルが、あのタイミングで僕の元へ来てくれたからだ。

◆◆◆

「おい、リノフリード!!」

僕がベルルの涙を拭っていると、ギルバットがシグル先生の部屋から出て来た。

ベルルはギルバットが少し怖いようで、僕の後ろに隠れて背中をぎゅっと掴んだまま、背中越しに顔を覗かせている。

ギルバットは、そんな僕とベルルの様子を見比べた。

「……そちらが奥方か」

「ああ。でもお前には関係のないことだ」

僕がそう言うと、ギルバットは不服そうに瞳を細めた。だが、すぐに営業スマイルになって腰を低くし、ベルルに手を差し出す。

「ごきげんよう、グラシス夫人。私はギルバット・ヴェローナと申します。リノフリードとは少し遠い親戚にあたります」

「……べ、ベルルロット・グラシス……です……」

ベルルがその手を躊躇《ためら》いがちに取ろうとしたので、僕は彼女の手をパシッと取る。

「こいつに挨拶なんて必要ない。さあ、帰るぞ」

「だ、旦那様……？」

僕はベルルの手を引いて、ギルバットに背を向けた。

廊下の途中でセーラさんに「こちらを」と声をかけられ、薬のお代の入った封筒を手渡された。

何だか格好がつかなかったが、まあいい。

ギルバットはもう特に何も言ってこなかった。


「だーんなーさまー!!　奥様ー!!」

僕とベルルが病院を出ると、レーンが手を振りながらこちらへ駆けて来た。

「まあレーン!!」

このような所でレーンに会えたのが珍しかったのか嬉しかったのか、ベルルがぴょんと飛び跳ねながら彼に手を振る。

「旦那様、ジャガイモ、わざわざうちにも届けてくれてありがとうございました」

「ああ。ハーガスが届けてくれたかい？」

「はい。もううちのチビたちがはしゃいじゃって」

「すまないな。僕もそっちに行けたらよかったんだが、少し病院の方で時間を取られてしまってな」

「いえいえ、とんでもないです。旦那様ならともかく、奥様にうちのようなみすぼらしい家に来ていただく訳にはっ!!」

旦那様ならともかくって何だ。こいつは相変わらず一言多い。

そんなことを話しているうちに、ハーガスが馬車に乗ってやって来た。

「ああ、ハーガス。ご苦労様」

ハーガスはレーンの家に贈る分のジャガイモを届け、市場でジャガイモを売って来たところだった。レーンもそれを手伝ってくれたんだとか。

僕らは馬車に乗って、やはりレーンを家まで送ることにした。

レーンは「とんでもない」と言っていたけれど、僕は彼と、馬車の中で少し話したいことがあった。

「今年の冬は大丈夫そうかい、レーン」

彼の家は父親が病に伏せっていて、妹弟が五、六人は居る。実質、レーンが稼ぎ頭だ。

「まあ、うちは大丈夫です。旦那様にいただいたジャガイモもあるし。ただ……ここ最近のスラム街、色々と変なんですよね」

「……変？」

「何か異様な奴らがうろうろしているっていうか。もともと変な奴、多いですけどね？　何か夜中にいかがわしい奴らが出入りしているんですよ。大きな荷を持ち運んでいるようで」

馬車の中でレーンの事情を聞こうと思っていたら、スラム街の良からぬ噂を聞くことになってしまった。

「それに最近、異国から移動して来た人たちが多いって言うか。いやうちもそうですけれどね。随分東の方からやってきた人も多くて……聞いた話によると、東の方では魔獣が暴れ回っているようなんです」

「何だって？」

魔獣という言葉を聞いて、ベルルもぴくりと反応した。

そもそも、魔獣は魔界の生物だ。それらの行き来は東の最果ての魔王が管理している。そう、今では、ベルルの父の次に魔王になった者が。

それなのに、魔獣が暴れているとは、どういうことだろう。

「詳しいことは俺、よく分からないですけど」

レーンは特に深刻そうでもなく、何となく嘘か本当かは分からないが、聞いた話をそのまま僕に言った様子だった。

レーンの家はスラム街の端の方にあった。確かにボロボロの一軒家だ。

彼が馬車から降りると、そのボロ屋からワラワラ小さな子供たちが出て来た。

皆レーンに少し似ていて、小麦色の肌に黒髪、黒色の瞳をしている。

「あ、兄ちゃんだ!!」

「わあああ、凄い、馬車に乗ってる!!」

「兄ちゃん、ジャガイモのスープが出来たよ」

口々にそう言いながらも、皆が皆グラシス家の馬車に驚いているようだった。

そして窓から見えた僕を指さす。

「あああ、あの人がきっと〝だんなさま〟だよ」

「ジャガイモ、くれた人だよ!!」

「馬だっ!!」

ワラワラと馬車に群がり出す子供たち。

「あ、危ないぞお前たち」

僕は窓から顔を出し、慌てて注意する。レーンは「ほらほら」と言って、ちびっ子たちを家の中へひっこめた。

「すみません旦那様」

「いや……珍しいのだろうか、馬車が」

「それは当然。こんな所に貴族の馬車が来ることなんてありませんから」

言われてみたら、静かな通りとはいえ、どこからかたくさんの視線を感じる。

「旦那様、もう戻った方が良いと思います。暗くなったら、ここら辺危ないですから」

「あ、ああ」

「送ってくださってありがとうございます。では明日の朝、また庭に行きますんで。ナーヤンの実を採集するのでいいんですよね？」

「ああ。頼む……」

レーンはニコリと大きく笑顔を作ると、「では奥様、さようなら」と僕の後ろにいるベルルに手を振る。ベルルも嬉しそうに手を振り返していた。

ちびっ子たちも家の中から「旦那様ばいばーい」と。可愛らしいものだ。

以前レーンがベルルのこと、うちの妹のようだと言っていたのが、何となく理解できた。

「どうしたベルル」

「……うん、少し眠くなっちゃった」

「おいおい、夕食もまだだというのに」

彼女は目を擦って、小さくあくびをした。

僕は隣の席にあった荷物をどけ、彼女にこちらに来るように言う。

「館に着くまで、寝ていたらいい」

「……うん」

彼女は僕の隣に座ると、腕を取ってうつらうつらとし始めた。そしてそのまま、肩に頭を乗せすーっと眠ってしまったのだった。色々あって疲れたのだろうか。

今日は僕も少し疲れた。

久々にヴェローナの奴と会った気がする。最近は接触を避けていたから。

前は奴と色々と言い合ったものだが、やはり家の影響力の大きさ、財力、人材の多さは今、ヴェローナ家の方が圧倒的である。

グラシス家はヴェローナ家の思うがままに立場を奪われていった。だから途中で、僕は諦めてしまったのだ。

それが情けなく、やるせなく、様々なことから目を逸らして王宮での研究に没頭していった。王宮魔術師という立場だけが、僕に残されていた唯一のものだったから。

「ベルル……」

隣ですやすや眠るベルルの頬に軽く触れ、そしてすぐに手を離した。

彼女があの部屋に飛び込んで来た時は驚いた。でも驚いたと同時に、少しホッとした。僕にはベルルが居るのだと実感した。

しかし彼女はギルバットの言葉に不安を覚えていたようだった。

まだまだ、お互いの信頼を積み上げていかなければならないのだな。


ガタン!! と大きな音がして、突然馬車が止まる。

僕もうつらうつらしていて、ちょうど、スラム街を北口から出ようとしていた時だった。いつの間にか周囲は暗い。

「何事だ」

窓から身を乗り出すと、馬車の前に、数人の柄《がら》の悪そうな男たちが見えた。

ここで待ち伏せていたのだろうか。

しまったな。こういう奴らに絡まれるかもしれないと、予想していなかった訳ではないのだが。

しかし今まで何度か王都の裏側を横切ったことはあるが、こうもあからさまに待ち伏せされることはなかった。

レーンはここ最近、スラム街がいっそう物騒になったと言っていた。

確かにそのようだ。目の前の男たちは、どこか異国風の顔立ちをしている。異国からの移民も多いと。

ベルルも目を覚まし、何事かとキョロキョロしている。

「だ、旦那様……」

「大丈夫。君はここで、じっとしておくんだ。いいね」

僕はハーガスにもじっとしておくように言って、馬車から降りた。

いったいなぜ道を塞ぐのか、問わねばなるまい。

## 12 サン

「お前がグラシス家の旦那か⁉　あ～⁉」

絵に描いたような悪人面《あくにんづら》の男たち。

しかし手にはナイフを持っているから、少し警戒しなければならない。僕も懐から杖を取り出しておく。

「いったいなぜ僕らの馬車を止める。僕は貴族とはいえ、そんなに金目の物は持っていないぞ。……情けないことにな」

「そんなこたぁどうでもいいんだよ‼　いいから俺たちに従ってついてこい‼」

やたら声のでかい小柄な男だ。耳にキーンと響いてたまらない。

やはりと言うかお約束と言うか、男の一人がナイフを手に飛びかかって来た。

僕は即座に簡単な魔法式を書いて、地面の砂と水たまりの水を粘土質の丸い粒にし、相手がナイフを持つ手に集中的に放つ。ついでに周りの男たちにも、それと同じものを放った。

粘土質の粒も、スピードをつけてぶつければそれなりの威力になる。死ぬことはないが、精度を上げればなかなか危ない代物だ。

「なっ⁉　お前魔術師か⁉」

「グラシスの者だと知っておきながら、そこがいったい何の家なのか知らないのか」

「う、うるさい‼」

口は達者だが、彼らは僕の魔法をくらって、地に尻餅をついてしまっている。体中泥まみれ。いったい何なんだ。僕らをどうしたいというのか。

と、その時、突然ベルルの悲鳴が聞こえた。慌てて振り返ると、こいつらの仲間と思われる男が、ベルルの腕を掴んで馬車から引きずり出していた。ハーガスも地面の上で押さえつけられている。

「お前っ‼　彼女を離せ‼」

彼女を盾にしている男を馬車越しに睨むが、いつの間にか僕の背後にも男が二人近づいて来ている。

「だ、旦那様……っ」

ベルルは大男に腕を掴まれて酷く驚いていたが、僕と男たちを見渡し、状況は何となく理解したようだった。

「ちょっと、手を離してちょうだい!!」

ベルルは勇敢にも食ってかかる。や、やめなさい相手を挑発するのは!!

しかし、怒っていても可愛い。

「ほお……可愛らしい顔に似合わず威勢のいいお嬢ちゃんだな」

大男はベルルに顔を近づけ、彼女を上から下まで見る。

おい、変な目で彼女を見るな。

「お前っ!! 彼女にあんまり……」

僕が勢い余って馬車の中を通り抜けて向こう側へ行こうとした時、頭に硬い棒で殴られたような衝撃が走った。

一瞬意識が飛んで、僕はその場に倒れた。

「旦那様!!」

ベルルの悲痛な叫びが聞こえる。

顔を上げると、彼女が「旦那様に酷いことしないで!!」と叫んで、自分を掴んでいる大男の手を振り払おうとしているのが見えた。しかし彼女の力ではどうしようもない。

ベルルはどうしようかと、涙目でオロオロしていたが、一つ何かをひらめいたように地面を見た。

地面は昨日の通り雨の名残りで湿っている。ベルルはその地面に、靴のかかとで三角を描いた。

「サンちゃん、旦那様を助けて!!」

彼女がその名を叫ぶと、地面の水たまりは瞬間的に色を変え、周囲にキラキラとした水の粒が飛び散った。

水たまりは静かに、しかしどんどん広がっていった。さっきまで確かに泥と砂の鈍《にぶ》い色合いだった地面が、柔らかいパステル調の、乱れない水面のように変わったのだ。

不思議な光景である。砂と土のはずの地面が水のように揺らいで、その下には色とりどりの魚が無数に泳いでいる。

「な、何だ!?」

男たちは当然、足下にいきなり現れた別世界に腰を抜かした。周りをキョロキョロと見渡し、慌てている。

僕も朦朧《もうろう》とした意識の中、それでも足に力を込めて立ち上がり、ベルルを探す。

すると彼女の隣には、青い見事な毛並みの大きな鹿が、凛《りん》と佇《たたず》んでいた。

「あ……」

僕は即座に、それがベルルの二体目の魔獣だと悟る。その鹿は立派な角を持っていて、実に美しい。

「サンちゃん、この悪い人たちを懲《こ》らしめてちょうだい。でも食べちゃ駄目よ」

ベルルがその鹿の毛並みを撫でてそう言うと、鹿はこくりと頷き、地面を一蹴りする。

すると地面に水紋が広がっていき、チンピラたちは皆その中に引きずり込まれてしまった。

ついでに僕の足も引きずり込まれそうになったが、ベルルが「あの人は駄目よ!!」と言うと止まった。

とても幻想的な時間だった。

空気はどこか青みを帯びていて、薄汚れた埃臭《ほこりくさ》いスラム街が、まるで森の湖畔《こはん》のように澄《す》んだ空気になっていったのだ。

やがてその場は静寂に包まれ、元のスラム街の薄暗い様子に戻る。水面に沈んだはずのチンピラたちは、いつの間にか地面に転がっていた。

非常に見ていられない表情だ。死んではいないが、これは怖い。

「旦那様!!　旦那様ぁ!!」

「べ……ベルル……」

ベルルが僕に駆け寄って来て、涙目で僕の怪我を気にする。

「旦那様っ!!　頭から血が……」

「べ、ベルル……それはいいんだ。それより、君、その……」

「……?」

ベルルの背後には、まだ鹿の魔獣が居た。体はマルさんよりずっと小さいが、どこか神聖な感じがして恐れ多い。

「サンちゃんよ。私の魔獣なの。サンちゃん、こちら、私の旦那様なのよ」

ベルルがそう言うと、サンちゃんと呼ばれた魔獣はボワンと音を立て、人間の少女の姿になった。

袖の長い異国風の着物を纏っており、髪は水のように揺らめく青色で、頭の左右に鹿の角のような髪飾りを付けている。瞳は深い海の底のような青色だ。

その瞳から出る冷たい視線が僕を見下ろしていた。

「はっ!!」

しかしどこか神秘的な少女の姿の口からは、思わぬ言葉が出てきた。

「貴様がベルル様の旦那様だって!? そんな弱っちいくせに、笑わせるぜ!!」

「……!?」

えー。この少女の後ろに、ガザツな男でも居るのだろうかと、その背中の方を見てみる。

――居ない!!

「おいてめえ、挨拶もなしか。この俺様に向かって……っ」

「え、あ……僕はリノフリード・グラシスと申します」

「俺はサンドリア・レカクーダ。砂と水を司る魔獣だ」

サンドリアはそのラピスラズリのような瞳を細め、皮肉めいた表情で口の端を上げ、手を差し出して来た。

僕もつられて手を出して握手しようとしたが、突然もの凄い力で手を握られた。痛すぎて、思わずしゃがみこんでしまった程だ。

「もうサンちゃん!! 旦那様に意地悪しちゃ駄目よ!!」

「……だってベルル様、この男、貧弱で軟弱なんですもんっ」

着物の袖口を合わせながら、サンドリアと名乗った魔獣はふんぞりかえって俺を見下すようにして笑う。

「ははは、ひれ伏せ人間の雄《オス》め。ベルル様の旦那様だと？　三百年早いわっ!!」

「もうサンちゃん!!　そんなこと旦那様に言っちゃ駄目!!」

ベルルがサンドリアを叱《しか》りながらぽかぽかと叩いていたところ、ボワンと音を立てマルさんも現れた。勝手に出て来たらしい。白い髪の、グラマラスな美女の姿だ。

「もうサンドリアお姉様ったら、何をしているの？　ベルル様を困らせちゃ駄目でしょう」

「マルゴット!!」

マルさんが出てきたことで、サンドリアは不満そうな顔になった。

僕はじんじんと痛む手を押さえつつゆっくり立ち上がり、魔獣たちのご機嫌の行方を窺う。何を言われても、あまり刺激をしてはいけないと思った。

マルさんは困ったように笑って僕を見た。

「もう、旦那様ごめんなさいね。サンドリアお姉様が失礼なことをしてしまって」

「おいマル!!　お前はこの男の味方なのか!?　裏切り者め!!」

サンドリアが長い袖を大きく振って怒っている。

「い、いや……少し驚いたが……気にしてはいない、こんな小さな女の子の言うことなんて……」

言った後に、「あ」と後悔した。

刺激してはいけないと思った矢先に、失言してしまったらしい。

サンドリアは額に筋を作って、瞳を細めていた。

「ほお……俺のような小さな子供の言うことは、馬鹿げていると？」

「あ、いや……その……」

「ちなみに言うと、俺は子供でも、ましてや女でもないぞ!!」

「……え」

サンドリアは親指を立て、グッと自分を指さす。

「俺は男だ!!」

「え……えええええええ！」

いや、どっからどう見ても美少女なのに。

小柄で美しい風貌の、女の子なのに。

僕が目を見開いてぽかーんとしていると、ベルルとマルさんは顔を見合わせて困った様子で頷いた。

そしてマルさんがおずおずと口を開く。

「何と言っていいのやら……旦那様、サンドリア・レカクーダはこの通り、人型の時の見た目は女の子でしょう？」

「え、ああ。うん」

「本当は男の子だったのだけど、この通り口が悪いから、上の姉の怒りに触れ、少女の体に変えられてしまったの。はあ……だから本当は、私のお兄様なんだけど……」

「な……何だって……」

何だか色々訳が分からなくなって来た。でもそう言えば、先ほどの鹿の姿は雄だった。立派な角があったから。

ベルルもコクンと頷いて補足してくれる。

「サンちゃんは本当は男の子なんだけど、今は女の子なの」

「そんなこと、あり得るのか」

「私やサンドリアお姉様の力では無理だけど、私たちの一番上の姉にはそれが可能なの。だから、サンドリアお姉様はこの通り、見た目は美少女、心は乱暴な男のままなのよ……ね、お姉様」

マルさんがサンドリアを見下ろし、頭をぽんぽんと撫でると、サンドリアは「お姉様って言うな!!」と憤慨《ふんがい》する。

なるほど、いや、でも分からん。

僕は頭から血をだらだらと流していたけれど、もう怪我どころではなかった。

また新しい、厄介な魔獣が出て来たぞ。

僕の嫁は、本当に物騒な魔獣を従えているものだ。

◆◆◆

「おい、お前たち、いったい僕らをどうしようと思っていたんだ」

そう聞いても、答えてくれる者は居ない。

僕らを襲った男たちは皆ぼんやりとしたまま、うんともすんとも言わない。

やはり、貴族だから追《お》い剥《は》ぎでもしようと思ったのだろうか。どこかへ連れて行きたい風でもあったが。

騒ぎを聞きつけたのか、すぐに王都自警団の兵たちがやってきた。

なのでマルさんとサンドリアさんを魔界へ戻すようベルルに急かした。彼らの姿を自警団の兵に見られたら、色々と厄介である。

自警団に様々な説明を要求されたが、この件はスラム街の者による追い剥ぎということで処理された。聞けばここ最近、こういった事件が多いそうだ。

用がない限りスラム街を横切ったりしないよう自警団に注意され、僕らは解放された。

くたくたに疲れて館に帰ると、僕の頭の怪我のことでサフラナを非常にびっくりさせてしまった。

自警団の者たちに手当してしてもらっていたから既にどうということもないが、サフラナは心配性だからオロオロしている。

夕食の間に、僕はスラム街での出来事をサフラナに話したが、病院でギルバット・ヴェローナと出会ったことは言えずにいた。サフラナは本家と分家の騒動をよく知っている分、この件には特に敏感だから、後でちゃんとした時に話そうと思ったのだ。


食後、僕らはサフラナが作ってくれていたマロンケーキと紅茶を持って、部屋に戻った。

とにかく魔獣たちとは中途半端な挨拶しか出来なかったから、ちゃんと話しておかなければと考えたのだ。あの魔獣たちがこういったものを食すのか分からないが、もてなしの心は大切である。

ベルルはさっそく、ゲートを開いて二匹の魔獣を呼び出した。

ポワンと音を立て召喚されたのは、白い毛玉の犬と、足をふらふらさせた小さな子鹿。

「何見てんだてめえ!!」

震えているのに偉そうな口ぶりの子鹿だ。可愛らしい。

ベルルは二匹のもふもふをぎゅっと抱きしめ、ソファーに座った。

「さあ、お茶よ。サフラナの作ってくれたケーキなの。食べる?」

「わーい、私も食べていいの?」

子犬姿のマルさんは素直にしっぽを振って、僕が差し出した皿の上のケーキを食べていたが、サンドリアさんは「けっ」とそっぽを向く。

相変わらず見た目の割に態度の悪い鹿だ。

「い、いりませんか？」

「こんな可愛らしい小動物に、こんないかがわしいもの食わせやがって。鬼畜《きちく》めっ」

「いや……あなたたちは普通の動物とは違うのかな～と思って」

「そうよサンちゃん。あなた何だって食べるくせに!!」

しまいにはベルルに暴露され、サンドリアさんも大人しくケーキを食べ始めた。

僕は無糖の紅茶をグッと飲んで、改めて挨拶をする。

「先ほどは助けてくださってありがとうございました。えっと……サンドリアさん……」

僕がケーキをむさぼっている愛らしい子鹿に手を伸ばすと、子鹿は僕の手をがりっと噛んだ。

見た目はこれでも、やはり凶暴である。

「こらサンちゃん!! 旦那様はさっき頭を怪我したのよ。噛み付いちゃ駄目でしょうっ!!」

ベルルが立ち上がり、人差し指を立ててサンドリアさんを叱りつける。

サンドリアさんはベルルに叱られると、「ピー……」と鳴きながら小さくなった。

「あはははは、サンドリアお姉様は、ベルル様を旦那様に取られるのが嫌なのよね～」

マルさんはケーキを食べ終わったのか、てくてくとやってきて、僕の膝の上に飛び乗って丸まった。

「けっ、お前はすっかり手玉に取られやがって。これだから雌《メス》はっ」

「何か言った、お姉様。いや、今はお兄様かしら」

「いつもお兄様と呼べっ」

サンドリアさんは憤慨している。

「さっきも少し話したけど、サンドリアは厄介なことに、人型の時は女性の体なんだけど、獣の時は雄なのよ。まあ上の姉様にかけられた魔法は、人型の時だけ有効なのよね」

「……はあ～……それは厄介ですね」

マルさんがやれやれと首をふりつつ、更に僕に説明してくれた。

「だから、基本は雄なのよ、お兄様は。まあ、私は面白いからお姉様って呼んでることの方が多いけれど。ベルル様のことが大好きだから、旦那様が憎たらしいのよ。ね、サンドリア〝お姉様〟」

「だからお姉様って呼ぶなっ!!」

子鹿が足をプルプルさせながらマルさんに怒っていたが、ベルルに抱きかかえられるとすぐに大人しくなった。やはり主人であるベルルのことが好きなのか。

「けっ。お前なんてロークノヴァ姉様にシチューにされて食われておしまいだぜ!!」

「……ロークノヴァ?」

サンドリアさんの口から出て来た名前に、僕は首を傾げた。

子犬のマルさんが「一番上の姉様よ」と、僕を見上げて説明を入れてくれる。

「魔王様の大魔獣の中にも、位《くらい》っていうのがあるのだけど、私やサンドリアお姉様は中位なの。でも、長女のロークノヴァお姉様は、私たちとは別格。十四居た前魔王様の大魔獣の中でも一位、二位を争う程の力を持った上位の大魔獣なのよ。だから、ベルル様も簡単には召喚出来ないの」

「……そうなのか？」

僕は、向かい側に座ってサンドリアさんの青い毛並みを撫でているベルルに問う。

「うん。ロクちゃんには可哀想なんだけど、召喚がなかなか成功しないの。心の中ではよく会話してるんだけど」

ベルルはそう言ってサンドリアさんをぎゅっと抱きしめ、頬を埋《うず》めた。その時のサンドリアさんの表情ときたら。

「なるほどな。ベルルでも難しいのか……」

とはいえ、〝マルゴット〟や〝サンドリア〟でも十分強いのだから、あれ以上の大魔獣など想像もつかない。〝ロークノヴァ〟とはいったいどのような大魔獣なのだろう。

僕も考えごとをしながら、マルさんのモフモフの毛並みを撫でた。

「あ、そうそう、旦那様。さっき変な男たちに絡まれていたでしょう？」

「ああ」

マルさんは何か気がかりな事があるようだった。

「あの時、少し離れた所からじっと旦那様やベルル様を見ていた怪しい奴が居たわよ」

「え？」

「ああ……それは俺も気がついていたぜ。すぐ居なくなっちまったけど」

サンドリアさんもひょこっと顔を上げた。

僕はベルルと顔を見合わせる。

「いったい誰が……っ」

「さあ、それは分からないけれど。やっぱりあいつら、一人くらい捕まえておくべきだったかしら。もしかしたらあの男たちは、そいつにけしかけられたのかもしれないし、ただの追い剥ぎじゃあなかったかもよ？」

僕は眉を寄せ、顎《あご》に手を添えた。

そんな時、いきなりサンドリアさんがベルルの腰辺りに鼻先を押し付け始めた。

「きゃっ……サ、サンちゃんどうしたの……くすぐったい……っ」

「お、おい」

何をしているエロ鹿、やめろ。

僕は思わずマルさんを抱えたまま立ち上がったが、サンドリアさんは口に何かをくわえ、顔を上げた。

「ベルル様のドレスにくっついてた」

見るとそれは、丸い頭の妖精だった。

「……妖精？」

見慣れない妖精である。いったいどこからついてきたというのか。

妖精はサンドリアさんにくわえられ、ガタガタ震えていた。ベルルが受け取ってからも、妖精は『シギーシギー』と鳴くばかりで混乱している。

マルさんは僕の膝から降り、妖精のところへ行ってクンクンと匂いを嗅ぐと、また僕の隣にやってきてちょこんと座った。

そのままボワンと音を立て人型に変身する。いきなりのことで少々びっくり。

彼女は悩ましい、意味深な表情で僕に身を寄せた。

「この妖精、さっきのスラム街の匂いがするわよ？」

「え……」

「訳ありの妖精なんじゃないかしら？　旦那様、妖精の言葉って分かる？」

少し目のやり場に困る。彼女の服は露出が多く、しかもグラマラスな美女だから。子犬の時は何てことないのに、ギャップが凄いったらない。

ベルルが少しむっとして立ち上がると、サンドリアと妖精を抱えたまま僕の隣にスタスタとやってきて座った。

ソファーがえらく窮屈《きゅうくつ》になる。

「マルちゃん、旦那様にくっつきすぎよ！」

「ま、まああっ。ベルル様ったら妬《や》いているの？　か、かわいいいいいい！」

マルさんは口元に手を当て、顔をキラキラさせている。何なんだ一体。

しかもサンドリアさんはベルルの膝の上から僕の足をがしがし噛んでいる。痛すぎる。

「……で……マルさん。妖精の言葉が分かった方がいいのか？」

「そりゃあ……もしかしたら、この妖精が、さっき旦那様たちを襲った男たちのことについて、何か知っているかもしれないじゃない」

「自警団に任せておけば良いんじゃないのか？」

「あらあらあら、あの男たちはきっと重要な事は何も知らないでしょうよ。どうせ、タダの追い剥ぎってことで済まされちゃうわよ？　私、旦那様たちは意図的に狙われたのだと思っているんだけど。黒幕が居るんじゃないかしら」

僕は再び紅茶を飲んで、ゆっくり息を吐いた。

「明日、庭師のレーンがやってくる。彼は妖精の言葉をいくつも知っているし、知らない言葉もすぐに理解出来る賢い子だ。彼に頼むとしよう」

「ふふ、それがいいわよ」

ため息ものだ。何だか話がややこしくなってきたぞ。

今日はヴェローナ家のことと言い、男たちに絡まれたことと言い、妖精のことと言い、本当に厄介な出来事が重なってしまった。頭が痛い。

――と思ったら、それは単純に殴られた所がずきずきするだけだった。

「旦那様……頭、大丈夫？」

「ああ。もう血は止まっているんだ。処置がよかったからな」

「痛むの？」

「仕方のないことだ。後で薬を飲んでおこう」

ベルルが心配するといけないので、僕は肩を竦《すく》めて笑う。

その様子を面白くなさそうに見ていたのが、サンドリアさんだ。サンドリアさんはベルルの膝の上で人型に戻ると、ベルルの首に手を回して頬擦《ほおず》りする。これが見た目の通り可憐《かれん》な少女ならまだしも、中身が男だと知ったからには無性にやりきれない。

「おい、旦那様とやら」

「あ、はい」

「俺はお前を、まだ認めた訳じゃない。せいぜいボロを出さないようにするんだな」

「……」

「お前がベルル様にふさわしくないと思ったら、俺は迷わずお前をぶっ殺すからな。俺はマルゴットと違って甘くないぞ」

「……肝に銘じておきますよ」

だからそこから降りろ。

僕は額に筋を作りながらも、何とか笑顔でやりきった。

サンドリアさんは「ふん」とあからさまに顔を背《そむ》けると、ボワンと音を立て魔界に帰っていった。

「あら、サンドリアお姉様が帰っちゃった。じゃあ、私も。困ったことがあったらいつでも呼んでちょうだい、ベルル様」

マルさんもベルルの頬に軽く口付けし、サンドリアさんに続いて帰ってしまった。

騒々しかった部屋が、一気に静かになる。

「はあ……何だかえらく疲れたな」

「旦那様、ごめんなさいね。サンちゃん、本当は良い子なのよ。初めての人に少し慣れないだけで。人見知りなの」

いやいや、人見知りと言うよりあからさまに敵意をむき出しにしていたけれど。でも、まあ仕方がないか。

ベルルを守る旧魔王の大魔獣なのだから、そう簡単に人間を信じられるものでもないだろう。これから信頼を深めていかなければなるまい。

「分かっているよ、ベルル。きっと君のことが心配なんだよ。僕が……まあ頼りないからなあ」

「そんなことないわ!!」

ベルルは強く首を振る。

「私、旦那様が側《そば》に居るだけで、凄く安心するもの。そりゃあ、旦那様は人間だから、マルちゃんやサンちゃんみたいな力はないかもしれないけれど。でも旦那様じゃないと、私……ホッと出来ないのよ」

ベルルは隣で僕の顔を見上げ、一生懸命に訴えた。

僕は眉を寄せクスッと笑うと「分かったよ」と彼女の頭を撫でる。そうすると彼女は、ホッと嬉しそうに息を吐くのだ。

「さあ、そろそろ湯を浴びて寝よう。今日は色々とあったから、君も疲れただろう」

「……うん」

彼女は素直だ。

「さあ、君からお湯に入ってこい」

僕がそう言って促すと、彼女は何か思いついたように提案する。

「そうだわ。旦那様も一緒に入りましょうよ」

「……ぶっ」

ちょうど紅茶の残りを飲んでいた時だった為、盛大に噴き出す。

いやいやいやいやいや。

「なーっ、何を言い出すんだ……っ!!」

「何って……湯浴みのことよ。だって普通の夫婦は一緒に入るのでしょう？」

「……!?」

僕は誰が見ても分かる程頬を赤らめ、額に手を当て少し俯いた。

「い、いや……その。僕らにはまだ早いと言うか……」

「そうなの？　時期があるの？」

「そ、そうそう。夫婦にも、時期とタイミングというものが……」

僕は一体何を言っているのか。まったく情けない奴め。

彼女は瞳を丸くし、「そう」と言うと、軽やかに湯浴みに行ってしまった。

自分で断っておいて、何だか残念に思ったりする。

どうしようもない男だ。

## 13　訪問

翌日の朝、中庭へ行くとレーンの姿があった。

レーンは昨日確認した通り、ナーヤンの実を採取しているところだった。

「あ、旦那様！」

彼は僕の姿を見つけると、ナーヤンの木に生い茂る葉の隙間から顔を覗かせた。

「旦那様、すみません。やっぱりチンピラ共に絡まれちゃったんでしょう？」

「ああ……いや、大したことはない」

「その頭の包帯、も……っ、もしかして……」

レーンは僕の頭を見ると、青ざめていく。

「いやいやいや、これは僕がドジをふんだんだ。別に大した傷じゃない。いやしかし、よかった。もしかしたら、あいつらの残党が、僕の関係者だからって君の一家を狙ったりしたらどうしようかと思っていたんだ」

「それは大丈夫でした。昨日は自警団の見回りが多くいましたから」

僕はホッと息を吐いた。何と言っても昨晩の輩は僕がグラシス家の主だと知っていたのだから。

「そうそう、レーン。少し君に頼みたいことがあるんだ。妖精の言語を通訳して欲しいんだが……」

「……？」

かぶっていた麦わら帽子をクイッと上げ、彼は首を傾げた。

「そんなに怖がらなくてもいいのよ？　お腹が空いた？」

『……シギーシギー』

「どこか痛いの？」

『……シギー……』

「……うーん……さっぱりねえ」

居間のテーブルの上には妖精を一晩入れておいた虫かごがあり、ベルルはテーブルに肘をついてそれをじっと眺めている。虫かごを覗きこんではしきりに語りかけているが、妖精が何を言いたいのか全く分からずにいたようだ。

虫かごの中の頭の丸い妖精は、ギザギザの歯を剥き出しにして、いまだに興奮していた。

「ワン!!」

子犬の毛玉姿のマルさんが、居間に入って来た僕とレーンを見て愛想よくしっぽをフリフリ近寄ってきた。

「あれ、旦那様……子犬を飼い始めたんですか?」

「あ、ああ。今朝家の前でうろうろしていたんだ。それをベルルが拾ってきて……」

「こんな所に子犬が？　ふーん」

僕がなかなか説得力のない説明をした為か、レーンは胡散臭そうな目で見てきた。

全く、勘の良い子供はこれだから。

そんなことは知らぬとばかりにマルさんはレーンの前にトコトコやってきて、彼の足に飛びかかる。

「お、何だお前。遊んで欲しいのか?」

レーンはマルさんを抱きかかえると、「よーしよしよし」と毛並みをわしわしした。何だか手慣れているな。

「ほほほ、また我が家が賑やかになりますね、リノ坊ちゃん」

「……あ、ああ」

お茶の用意をしているサフラナが、微笑ましそうに目尻を下げている。

マルさんを常に召喚しておこうと決めたのは、昨晩のことだった。ベルルと横になって寝ていた時に、色々と物騒だから魔獣を常に召喚しておくことは出来ないのかと聞いてみたところ、「マルちゃんだったら」という話だった。毛玉姿のマルさんは、召喚による魔力の負担がほとんどなく、低燃費なんだとか。マルさんも乗り気ですぐこちらにやって来た。

ありがたい話だ。子犬ならまだしも、子鹿を飼うとなれば色々な意味で問題ありだから。

「それで、旦那様。通訳する妖精っていうのは、この虫かごの中でガチガチに震えているこいつのことで？」

「ああ。お前なら、この妖精が何と言っているのか分かるかと思って」

「ふーん」

レーンは顎に手を当て、一時その妖精の言葉を聞いた後、いつも僕が彼に開放している書庫からいくつか妖精の図鑑を持って来た。

ついでに小型の黒板とチョークも持って来て、何やら調べたり書いたりしている。

『シギー!!　シギー!!』

「ふむふむ……ふむふむ……」

レーンの表情は真剣そのものだ。普段のおちゃらけた感じがない。

彼の集中力は凄まじいもので、短い時間で確実に知識を吸収出来るその力があったからこそ、貧しい身の上でも国家庭師の免許を取得出来たのだ。

「出来たっ!!」

レーンは黒板をバッとこちらに向けた。

そこにはこう書かれている。


『無能な人間共よ、世の中がいったい何で構成されているか知っているか？

それは勝者と敗者であり、一握りの月と無数のスッポンである。

無能な人間はタンポポフレーバー？

世界が俺を待っている』

「……は？」

目が点。僕もベルルも、マルさんも。

このちっさい妖精が、こんなことを言っているというのか。何、タンポポフレーバー？

「あ!!　間違った間違った。これはトッティン妖精の言語の場合だった。シビビアン妖精系だったらもうちょっと違う感じになる……」

「……レーン」

さっき心の中で褒めたというのに。

いやしかし、色々と試していたのだろうから、次に期待したい。

「出来た!!」

そして彼は再び黒板を表にした。

そこにはこう書かれている。


『暗いよ怖いよ。真っ黒の四角い箱の中に詰め込まれるよ。

ミキサーにかけられて保存料をもみ込まれるよ。

丸い黄色いゼリーにされるよ。

お助けくださいお助けください妖精の申し子』

「……?」

「……いったいどういうことだ?」

さっきよりもっと不鮮明になってしまった。

僕とベルルは途方にくれて顔を見合わせる。

「あれ〜、また間違ったかな〜」

レーンは頭をかりかりかいて、黒板の文字を消そうとした。

しかしふと僕は思い当たり、それを止める。

「待ってくれレーン。ちょっと気になる部分があるんだ」

「……？」

「……真っ黒の四角い箱……」

以前、レッドバルト家の私有地の森で密猟者たちを捕まえた時、彼らは黒くて四角い箱の中に、妖精たちを詰め込んでいた。

王宮の騎士団も追っている、妖精の密猟事件。

「〝妖精の申し子〟って言うのは、妖精に特別好かれる者のことだ。これはきっとベルルのことを示しているんだろう。その頭の丸い妖精は、スラム街に居たベルルに助けを求めようとして、ドレスに引っ付いていたのか」

「でも妙な話ですよ旦那様。スラム街なんかに、妖精はこれっぽちも居ませんから。……普通」

「うーん……」

色々な想像や疑念が頭の中で絡み合う。

あくまで予想でしかないが、もしやあの妖精の密猟事件とスラム街の治安の悪化は、繋がりがあるのでは……

虫かごの中の妖精は、いまだに『シギー』と鳴いている。

ベルルがその虫かごに顔を近づけると、やはり妖精はベルルの方へ向かって虫かごの網にかじりついたりするのだ。

「旦那様……妖精を助けることは出来ないかしら」

ベルルは僕を見上げた。その大きな瞳を揺らし、どうしたらいいのか分からないというように。

「うむ。この件は僕らだけでどうにか出来るものでもないかもしれない。ここはジェラルに相談した方がいいかもな」

そう言って、不安そうな顔をしているベルルの頭をポンポンと撫でた。

「大丈夫だ。とにかくこの妖精を保護して、また色々と聞いてみよう。レーンもちゃんと言葉が分かるようになるまで、数日は必要だろうからな」

「そうですね。あんまり見ない妖精なので。きっと遠くから来たんだと思いますよ」

確かに見たことがない。ここらの土地とは違った環境で生まれ育った妖精なのかもしれない。


「旦那様、旦那様。見て、沢山作ってみたの!!」

「……ほお」

それからしばらく、ベルルは瓶一杯に、妖精のおやつを作っていた。

色とりどりの飴玉のような粒が、大きな瓶の中に詰め込まれている。

これは彼女にだけしか作れない、調剤魔法による妖精専用の食べ物だ。

「あの妖精にあげるのか」

「うん。あと、お庭の妖精たちにも」

そう言ったベルルは何か心配そうに、手に持つ瓶をぎゅっと握った。

「いったい……何が起こっているのかしら。あの子……あんなに怯えて……」

「心配なのか？」

「……うん。だって、妖精は私に助けを求めていたもの。どうにかしてあげたいわ」

「……ベルル」

僕はベルルの頬に触れ、そして軽く摘《つま》んでみた。

「ら、らんなさま……？　いひゃい……」

「ははは。やっぱり少し、ふっくらしてきたな」

「……ほんとう？」

ベルルはパッと表情を明るくした。

普通、女性にそんなことを言ったら、顔面に拳を食らわされてもおかしくはない。しかしベルルは、自分が痩せっぽちであることの方をずっと気にしていた。

「最近、沢山食べられるようになったのよ!!」

「ああ、そうだな」

「朝ご飯もガッツリよっ!!」

「あ、ああ……まあ、あまり食べ過ぎも良くないぞ、うん」

ベルルは僕の言葉にコクンと頷きつつも、「ふふっ」と嬉しそうに笑った。

そして、さっき僕が摘《つま》んだ右の頬を自分でも摘《つま》んでみたりしている。頬をプニッと伸ばす彼女は実に可愛らしい。

しかし今は、和んでいる場合でもなかった。

「さあ、ベルル、支度をしよう」

「……？　どこかへ行くの？」

「レッドバルト家さ」

僕は今朝、妖精から聞いたことを含め、ジェラル・レッドバルトに事情を報告していた。

すると、すぐにレッドバルト家へ訪ねて来れないかと返信があったのだ。

もともと、以前の別荘での事件について、レッドバルト家に呼ばれるはずだった。

それが少し早まっただけのことである。

だが、こんなに突然やってこいと言われて、気軽に遊びに行ける場所でもないことを、僕はよく知っている。

◆◆◆

レッドバルト伯爵家と言えば、王国に数ある貴族の中でも、名高い騎士を多く輩出してきた有名な一族である。

レッドバルト家本邸は王都セントラル・リーズから南下したシャーレットという大きな町にあるが、ジェラルとオリヴィア夫妻は王都の王宮に勤めているので、同じく王都にある別邸に住んでいた。

とはいえ、ジェラルの父であるレッドバルト伯爵とその夫人も、よくこの別邸に滞在するようで、正直どちらが本邸なのか分からなくなると、ジェラルは言っていた。


「わあ……」

ベルルはレッドバルトの別邸に着くと、驚きのあまり目を丸くさせた。

グラシス家もそこそこ大きな屋敷だが、ここに来ると何もかも格が違うのだと思わされる。

まず、黒い豪華な装飾の施された門に驚かされ、その中に続く赤いレンガの長い道、その両脇の色とりどりの美しいバラに言葉を失う。

レッドバルト家では専任庭師を十人以上抱えていると聞いたことがある。

この別邸だけで、十人だ。恐ろしい。

「どうだベルル……別世界だろう……」

「凄いわねえ。まるで、おとぎ話の中のお城のようね」

レンガの道をまっすぐ行った先に、白く横長の豪邸が構えていた。

天気がいいのもあるが、なんと明るい邸宅だろうか。グラシス家のどんよりとした空気とは完全に真逆である。

僕もベルルも「凄い」以外何も言えず、執事に案内されるがままにその屋敷の中へ入っていった。

「ややあやあ、ようこそリノフリード・グラシス。奥方もご機嫌麗《うるわ》しく」

「……お招きいただき、どうも。ジェラル・レッドバルト」

「ごきげんよう、レッドバルト様」

僕とベルルは、ジェラルとお決まりの挨拶をして握手し、通された部屋の赤いソファーに並んで座った。あまりにふかふかなソファーであることにベルルが驚いて、僕に言う。

「旦那様旦那様、凄いわ。埋まってしまうもの」

「……良いソファーなんだよ」

言っていて少し悲しくなった。

決して、グラシス家にあるソファーも悪い訳ではない。ただ、古いので少々硬いのだ。最新流行のソファーは柔らかくてふかふかした、ベルベットの生地なのである。

「まあベルルさん！　いらしてくださったのね!!」

オリヴィアもやって来て、僕に挨拶する前にベルルの手を取った。

「ごきげんよう、オリヴィアさん」

「ええ、ごきげんようベルルさん。さあさあ、あなたが来てくれるのをずっと待っていたのよ。今日はうちのパティシエが作った美味しいケーキを用意していますの。ベルルさん、甘いものはお好きかしら？」

「……ええ。とっても!!」

ベルルがパッと表情を明るくして嬉しそうにしたので、オリヴィアは「ええ、ええ」とまるで実の姉か母のように穏やかな笑みを浮かべる。

「おい、オリヴィア。いくら仕事の同僚と言っても、僕を無視するのはどうかと……」

「あらリノ。別に無視していた訳ではないのよ。後でいいかなって思っていただけで」

オリヴィアはふふんと笑って、向かい側のソファーに座った。

ジェラルは「オリヴィアさん相変わらず手厳しいっ！」と、言って、なぜか二度程手を打った。

この夫婦もブレないなぁ。


お茶会の間は、ほとんど世間話であった。

僕は昨晩の出来事や、別荘での事件、妖精のことについて色々と言いたいことがあったのだが、ジェラルはこう答えた。

「そのことについては、夜会の後に」

夜会？

いったい何の夜会だ？

「ジェラル……今夜、どこぞの夜会でも行くのか？」

「何を言っているんだ。君たちも出席するんだよ。うちの両親が催す夜会なんだから」

「……は？」

ベルルと僕は顔を見合わせた。ベルルはオリヴィアに勧められた、レッドバルト家の専任パティシエの苺のケーキを、熱心に食べていたところだった。

「……美味しいか？」

「うんっ」

よしよし、ベルルが嬉しそうで何より。

そう言って夜会のことは誤魔化そうとしたけれど、ジェラルはニヤニヤしたまま、僕らを客用寝室に押し込んだ。

「今夜は夜会の後、うちに泊まってもらうぞ」

彼は説明もなしに、そうとだけ言ったのだった。


「どういうことだどういうことだ。夜会だって？　冗談じゃない」

僕は夜会というものが極端に苦手だった。そもそも、ああいった貴族のきらびやかな集《つど》いは肌に合わない。

「夜会ってなあに？」

ベルルは客用寝室のソファーにちょこんと座っていた。

どうやら、この柔らかいタイプのソファーが気に入ったようである。ベッドは、柔らかいと眠れないと言っていたくせに。

「夜会とは、まあパーティーのことだ。貴族たちが着飾って語らい合う。食事も出るが、基本的には探り合いの場だな」

「……探り合い？」

「ああ。貴族たちは腹黒いからな」

僕は、グラシス家が栄《さか》えていた頃は色々と媚《こび》を売ってきた者たちが、いざ没落すると見向きもしなくなった様《さま》をよく覚えている。

今や貴族の夜会なんかに参加すると、もれなく僕は没落したグラシス家の者として扱われ、冷たい視線を向けられるだけだ。

貴族との交流を絶やすのはあまり良いこととされていないが、僕はある時からぱったりそういったものに参加しなくなった。

とにかく、研究室での魔法の研究を必死にやって、それだけに時間を費やしていた。

ベルルがうちに来るまでは、それ以外楽しいことなんて何もなかったから。

「……旦那様？」

ベルルの隣に座り込んでぼんやりしていると、彼女が僕の顔を覗き込んで来た。

そして、僕の頬を摘《つま》んでくる。

「な、何だ……ベルル」

「さっきの真似!!」

昼間、ベルルの頬を摘《つま》んだことを思い出す。彼女が妖精のことで心配そうにしていたから、僕がそうしたのだ。

「旦那様、どうかしたの？ どこか、具合が悪かったりするの？」

「いいや、そんなことはない。ただ……夜会か……この格好で出る訳にもいかないし、どうしようかと……」

そもそも、やはり出なければならないのだろうか。レッドバルト家の主催なら、変なことはないと思うが。

「やはり出ないといけないのか……」

「旦那様、その夜会というのに出たくないの？」

ベルルが眉を八の字にして心配そうにしているので、僕は彼女の肩を引いてさすった。

「……そうだな。でも……君がいれば心細くもないかな」

たとえ、貴族たちに声をかけられず、ただ哀れみと蔑《さげす》みの視線だけを送られても、豪華なシャンデリアの下、ベルルと共に居るだけでちょっと楽しいかもしれない。

そうだ、周りの貴族たちなんて、皆じゃがいもか人参とでも思えばいい。

「私、旦那様の側《そば》にピトッてくっ付いているわよ。ずーっと、側《そば》にいるわ」

そう言って、彼女は僕にピトッとくっ付いた。

「……それは心強い」

「旦那様も？」

「……？」

「だ、旦那様も私の側《そば》に、ずっといてくれる……？」

ベルルは僕をじっと見つめた後、モジモジし始めた。

こういった言葉を彼女から聞いたことがあまりないので、僕は少し嬉しくなってしまった。でもすぐに気の利いた言葉が出てこないことに、やはり僕は僕だと思ったりもする。

「あ、ああ、勿論……勿論だ。僕もベルルの側《そば》にいるよ。君も、初めての夜会で不安も大きいだろう？」

「……そうなの？」

多分、ベルルはまだ夜会というものを、本当の意味で理解していない。

パーティーという明るくきらびやかな皮をかぶった、キツネの化かし合い大会みたいなものだ。

「ベルルさん!!　このドレス、ベルルさんに似合うと思うのだけど!!」

いきなり、オリヴィアが部屋に入ってきた。

危ない。変な場面を見られたら、後で研究室で存分にいじられるところだった。

「オリヴィア、ノックくらいしてくれ」

「あらごめんなさい。でも、今夜の夜会に着ていくドレスを選んでいて、いいのを見つけたのよ。

ぜひベルルさんに着て欲しい一着が!!」

オリヴィアは瞳を輝かせ、メイドに持ってこさせたドレスを僕らに見せつけた。

それは、淡い水色のドレスで、白いフリルとリボンがほどよく施された、実に質の良いドレスだった。

銀の糸の刺繍が気品高く、目眩《めまい》がする程ベルルに似合いそうで……僕は息を呑んだ。

こんなドレスを着たベルルは、美しいに決まっている。

「ほら、私ってあんまり薄い色合いのドレスって似合わないじゃない？　このドレス、とても綺麗だと思っていたけれど、着たことはなかったのよ。ベルルさんにはきっと似合うでしょうね～」

オリヴィアはそのドレスをベルルに当てただけで、「ほらやっぱり!!」と確信を持っていた。

「……」

見てみたい。

このドレスを着たベルルを、ぜひ見てみたい。

しかしドレスを着せてしまったら、もう夜会から逃げられないだろう。これもレッドバルト夫妻の策なのか？

夜会に出てしまったら、ベルルという存在が、世間に見つかってしまう。彼女の美しさが知れ渡ってしまう!!

これは由々しき事態だ。

◆◆◆

さて、ベルルはドレスに着替える為に、オリヴィアに連れて行かれた。

僕は僕で、着替えをしなければならない。

レッドバルト家で揃えてくれた、何の文句もつけようもない衣服を着るのだ。

もう逃げられないぞ。


女性の支度《したく》というのは男よりよほど時間がかかるもので、僕はジェラルと共に、先ほど茶をいただいたソファーで待っていた。

「いったい何なんだ。いきなり夜会だなんて」

「まだ言うかリノ。仕方があるまい……父上の意向なのだ」

「レッドバルト伯爵かあ……」

別荘を貸してもらった身として、何も言えないことは事実である。

「それに、奥方の美しさを他の貴族に自慢したかろう。見返したい者も多いだろうからな、お前には」

「……逆だ。むしろベルルには、あんなドロドロした場所に行って欲しくはない。別に、彼女のことなんて僕だけが知っていれば……」

「お前もなかなか強情だな」

ジェラルはあからさまに肩を竦《すく》め、ヤレヤレといったポーズをした。

目の前のこの男は、白い貴族の服に身を包み、キラキラしたオーラをふりまいている。これがパーティーなんて場所に行ったら、よりいっそう輝いて見えるのだろう。確かに華やかな場所の似合う男である。貴族として、騎士として、申し分ない。

一方僕は、普段よりずっといいものを着ているくせに、ジェラルと並んでいるだけで存在すら霞《かす》んでしまうのではないかと思われる程貧相な男だ。

「若旦那様、グラシス様、若奥様とグラシス夫人のお支度が整いました」

僕らがそんなどうでもいい話をしていた時、レッドバルト家の侍女長である、カルメン・ダリヤがいつの間にやら目の前に立っていて、上品な物言いで僕らに告げた。

髪を後ろに結い眼鏡をかけた、凛とした女性だが、いつも微笑みを絶やさない立派な侍女である。しかしこの人は、初めて見た時からずっと変わらない、若々しい風貌をしているな。

「ああカルメン、ありがとう」

ジェラルが微笑んで礼を言う。カルメンは頭を下げると部屋の扉を開け、二人の女性を中へ通す。

その瞬間、まさに悶々《もんもん》としていた僕の中の濁《にご》りのようなものが、一気にどこかへ吹っ飛んでしまう程の衝撃を受けた。

体にぴったりとした深紅のドレスを着たオリヴィアは、いつも研究室に居る時の様子とは全く違って、名家の若奥様という立場に恥じない美しい出で立ちだ。元々スタイルも良く色気も華もある女性だったが、こうやって見ると、素直にやはりオリヴィアは美しいと思う。

しかし何より僕の瞳を釘づけにしたのは、その後からおずおずと入って来た、僕の妻ベルルの姿だった。

薄い水色の、ふわりとしたドレス姿は、彼女の細い体をいっそう軽やかに見せる。

なによりその黒い巻き毛が薄い水色の絹に映え、いつもより少し濃いローズの口紅がワンポイントになっている。

上品だが、どこか色っぽく、でも幼さ故の可愛らしさも失っていない。まさに〝ベルル〟の魅力を最大限に引き出したような美しさがそこにある。

ベルルは何だか恥ずかしそうで、さっきからずっと視線を下げたまま。チラッとこちらを見上げてはまた下げる。

「エクセレント!!　まるで紅薔薇《べにばら》と白薔薇《しろばら》のようだ!!」

とジェラルが叫び、どこからそんな褒め言葉が出てくるのかと思わされる程多くの〝美しい〟という意味の単語を並べ立てていった。が、僕はそのうちのひとつも、まだ口から出せていなかった。

オリヴィアは「うるさいのよあんた」と、せっかくのジェラルの褒め言葉を一蹴していたが。

「ど……どうかしら、旦那様……こんなに凄いドレス……私にはあんまり似合わないかもしれないけれど……」

ベルルは、僕があんまりぼけらっとしているので、心配そうに上目遣いで聞いてきた。

「そんなことはない!!」

思わず、声を上げてしまう。

ベルルも、オリヴィアもジェラルもきょとんとしてしまった。僕は一度咳払いをして、さあどうしようかと思ったものだ。

オリヴィアがフッと噴き出し、こう言う。

「せっかくだから、二人ともうちのコレクションルームで、夜会まで待っているといいんじゃないかしら？　なかなかロマンチックな所よ？」

「コレクションルーム？」

そう言えば、レッドバルト伯爵は相当なアートコレクターと聞いたことがある。世界各国の美術品なんかを集めているんだとか。

「い……いいのか？　そんなたいそうな部屋……」

「大丈夫だ。父上はあの部屋を、いつも誰かに見せたくてたまらないんだから。特別なお客をもてなす部屋でもあるのさ」

ジェラルも親指を立ててそう言う。

ベルルは「これくしょん？」と小首を傾げていたが、せっかくだからレッドバルト夫妻の提案通り、その部屋で夜会の時間を待つことにした。

案内されたコレクションルームは、いかにもお客様の為の部屋という風に、きらびやかで美しい宝石の装飾品や、絵画の数々が飾られていた。部屋の中央にはソファーとテーブルがあり、お茶の用意もしてあった。

なかなかゆったりとした部屋である。メイドや監視の者などはおらず、不用心だと思ったが、きっとあの夫婦が気を利かせてくれたのだろうなと思う。よく見ると、一つ一つのお宝に魔法式のロックが施されていた。これは凄腕の魔術師でも解くのは難しいだろう。

「まあ素敵素敵!!　キラキラしているわね～」

ベルルは少女らしく瞳を輝かせ、展示されている宝石の装飾品を順番にうっとりと眺めた。

僕もそれについていく。

「その……ベルル……」

僕は先ほどの話の続きをしようと思った。

ここには誰もいないし、静かで美しいものに囲まれている。

「そのドレス、君によく似合っているよ。本当に……美しい……」

「……旦那様」

ベルルはドレスの端を摘《つま》んで、くるりと一回転した。その時の、きらきらと舞うプラチナの細かな輝きは、この部屋中にあるどの宝石より輝いて見えたし、どの美術品より希少に思えた。

「ふふふ……こんな高価なドレスを着て、最初は凄く緊張していたの。でも、旦那様にそう言ってもらえるなら、着てよかったわ!!」

「……」

「旦那様も、今日はとても素敵よ!! 私……見劣りしないかしら……」

「何を言っている。それはこっちの台詞だ」

「ふふ、うふふ」

ベルルは何だか嬉しそうにコロコロと笑って、僕の腕を取り、身を寄せた。

ふわりと香ってきた白百合の甘い香りに、少し驚く。

「香水か?」

「うん。さっきオリヴィアさんが付けてくださったの。ユリの花の香りなんですって」

ユリの花か……確かに、ベルルにはぴったりの、奥ゆかしい香りだ。

いつもと少し違う彼女に、僕はどうしてか落ち着かない。

「今日の君は……何と言うか、いつもとは違ってずっと大人っぽいな……」

「そうかしら。オリヴィアさんと並んだ時は、何だか物足りない感じがしたのだけど……」

「そうか? きっとそれは、そういったドレスを着慣れているかそうでないかという、風格のようなものじゃないかな」

ベルルは目をパチパチとさせて、僕を見上げた。

「だったら、私も何度かこういったものを着れば、その〝風格〟っていうのも出てくるかしらね」

それはそうだろう。

でも、僕はベルルの、この初々《ういうい》しい感じも嫌いじゃなかった。

「なあベルル、君はダンスを踊れるかい？」

「……ダンス？」

「ああ」

僕の問いに、ベルルは小刻みに首を振って、そしてだんだんと目を見開く。

「だ、旦那様……!!　もしかして、もしかして夜会って、ダンスをしなければならないの？」

「……そうだな、そういうこともあるかもな」

「どうしよう……っ、私、ダンスなんて踊ったことないもの。旦那様に、恥をかかせてしまうかもしれないわ!!」

ベルルが青い顔をして僕を見上げるものだから、僕は思わず噴き出す。

そして、彼女の細い腰を引き寄せ、手を取った。

「大丈夫さ。こうやって、手を取り合って僕に合わせていればいいんだ。……もし他の者にダンスを申し込まれたら……」

「い、嫌よ!!　私、旦那様以外の人と、ダンスは踊りたくないわっ」

「……」

「だって、言ったでしょう？　私、ずっと旦那様にくっ付いているんだもの」

ベルルはムッとしてそう言った。しかしムッとしながら、僕に抱きつく。

その矛盾した行動を、どうしても可愛いと思ってしまって、僕は口元を緩めた。

大人っぽく美しいドレスを着て、どんなに上品にしていても、やはりベルルはベルルである。

「ああ、そうだったな。僕がそう頼んだのに」

「そうよ。旦那様だって、私の側《そば》に居てくれるって言ったじゃない」

「うん、その通りだな」

僕はベルルの背をポンポンと撫で、彼女を僕から少し離した。

「とはいえ、あんまりくっ付きすぎると、せっかくの化粧が乱れてしまうぞ」

ベルルはコクンと頷いて、そそくさと髪を整える。

僕はふいに、ローズ色の紅《べに》がさされた、みずみずしい彼女の小さな唇を見て、何とも言えない焦《あせ》りのようなものに急き立てられた。

視線を逸らし、心を落ち着かせる。

ベルルが、ちょんちょんと袖の服を引っ張っておずおずと言う。

「ね、ねえ……旦那様、私、足を踏んでしまっても仕方がないのよ？」

「……」

「初めてなのだから、仕方がないのよ？」

「ああ……そんなこと、心配しなくても僕は気にしない。存分に踏むといいさ」

「……怒らない？」

「当然、怒らないよ。笑ってしまうかもしれないがな」

僕がそう言うと、ベルルはホッとしたようにニコリと微笑んだ。

せっかくのコレクションルームだというのに、僕らは他のお宝に見向きもしないで、お互い隣に座って語る。

どんな宝石の輝きも、ベルルという僕の妻の前では霞《かす》んで見えるものだ。

夜会までそうやって、僕らは二人、この部屋で待つのだった。

## 14　夜会

レッドバルト伯爵主催の夜会は、王都セントラル・リーズでも指折りの高級ホテルのサロンを貸し切って催されていた。

僕らはレッドバルト家の馬車に乗って、そのホテルに向かった。

多くの紳士淑女が集う会場は、随所に飾られた色とりどりの花と、ガラス細工の雫《しずく》がいくつも垂れ下がったダイナミックなシャンデリアが目映《まばゆ》い。

どこか最先端風な装飾や演出は、やはりレッドバルト伯爵らしいなと感じる。

ベルルはその大きな瞳に、会場のドレスの波ときらびやかな空間を映し、優雅な音楽に身を委ね、長いため息をついている。

「……はぁ～………旦那様ぁ……っ」

「どうしたベルル、緊張して来たのか？」

「……旦那様は逆ね。いざ会場に入ってしまうと落ち着いていて、まるで旦那様じゃないみたい。やっぱり、こういう夜会によく出ていたのでしょう？」

「……昔はな」

「私……私、やっぱり浮いちゃわないかしら」

ベルルは僕の腕をギュッと握って、言っていた通り全く離れようとしない。

会場の空気に驚いてしまったのだろうが、どこへ行くにも僕の腕を取ったまま、体が半分埋まってしまいそうな程身を寄せているので、僕もどうしようかと思う。

「こらこら」

「だって、旦那様……人がこんなに沢山……」

ベルルがカチカチになってしまって、僕の右腕を頼りに歩いている。

「ほらほら、よしよし。大丈夫だ。どうせ誰も僕らを気にしたりしないよ」

「……そ、そうかしら……」

僕は、周りの様子をチラッと確認した。

僕の言葉とは裏腹に、周りの人々はあからさまに僕らを見ている。

「あれはグラシス家のご当主ではなくて？」

「久しぶりに、こういった夜会にいらっしゃいましたわね」

「結婚の噂は本当だったのだな」

「それにしてもずいぶん若い奥方を娶《めと》ったものだ。噂に聞いた通りとんでもない美人だが」

「しかし、庶民の娘という話も聞くが……」

様々な噂を、好き勝手にしてくれる。

それでも声をかけてこないのが奴らの嫌らしいところだ。

しかしそれならそれでいい。僕は、周りの者たちはじゃがいもだ人参だと思って、ベルルと二人だけでこのキラキラした空間を楽しもうと思った。せっかくのレッドバルト伯爵からのご招待なのだから。

「あああ、君、リノフリードじゃないか!!」

「……？」

ベルルをダンスに誘おうかと思っていたところ、いきなり大声で呼びかけられた。

誰かと思ったら、学生時代そこそこ馴染みのあった三人で……ええと、誰だっけ。

「あ、リノフリードじゃないか」

「本当だ、やっと顔を出したか！」

久々過ぎて知り合いたちの風貌が変わっていたのもあり、なかなか名前が思い出せなかったが、徐々に思い出してくる。

右からブライアン、アーサー、ダニエルである。

皆、名家の若君たちで、今は王宮に仕える騎士だったり役人だったりする。

「で、そちらが奥方か」

三人の男にじっと見られ、ベルルはいっそう強く僕の腕を掴んだまま、後ろに引っ込んでしまう。

ちらりとこちらを覗きつつも。

「恥ずかしがっておられるのか!!」

「なんと愛らしい!!」

口々に男たちが声を上げるから、ベルルはもっとびっくりしてしまって、僕の腕をぎゅっと握る。

「おいおい、やめてくれ。妻は、こういった場所に慣れていないのだ」

自分で「妻は……」と説明することの、何とも言えないむず痒《がゆ》さ。

と言っても、そんなに嫌な感じでもないが。

僕はベルルに、三人の馴染みを紹介し、別にそんなに怖がることはないと表情で語る。

するとベルルもコクンと頷いた後、とことこと前に出て来て、ドレスを摘《つま》んで優雅に挨拶をした。

「べ、ベルルロット・グラシスと申します」

どこか緊張した面持ちで、それでも可愛らしい声で名乗る彼女に、三人の馴染みは頬を赤くし言葉を失っていた。

ベルルはそんな彼らの顔をチラチラと確認した後、どこか満足そうに微笑んで僕を見上げる。本当ならここで、「良く出来たな!!」と抱きしめたいところである。

「いや……美しい美しいとは、噂では聞いていたのだが。リノフリード、いったいどこでこのような女性と知り合ったというのかい」

「勝ち組人生からの脱落者と言われたお前が」

「こんなところで逆転人生ってか?」

ひそひそと、遠慮無しに言ってくる。

と言うか、勝ち組人生からの脱落者って何だ。

そんな時、どこからか「ハッ」という皮肉な声が聞こえた。

これまた、最近ずっと会っていなかった学生時代の馴染みである、天然パーマのパトリス・オーゲルである。こいつはギルバットと仲が良く、何かと僕につっかかって来た男だ。今は王宮魔術師第二研究室の研究員でもある。王族と縁のある名家の出身で、実に良い血筋であるのが厄介だ。

「いくら美しくとも、平民の娘じゃあな。グラシス家も落ちるところまで落ちたものだ」

少し遠い所から、いかにもわざとらしく噂する。瞳を細め、ベルルを上から下まで嫌そうに見て。

ベルルはその視線に、少しビクリと体を震わせ、僕の後ろに隠れた。

パトリスのその一言で、一気に周囲はザワザワとし始めた。やはりグラシス家の花嫁は庶民である、と。

いったいどこからそんな噂を持って来たのか。ベルルを貴族たちの悪趣味な噂の種にされるのが我慢ならず、僕は拳を握ってそいつのところへ向かおうとした。

しかし僕がどこかへ行こうとすると、ベルルが一気に不安そうな顔をするので、やはり動けない。

その時、バッと目の前に現れた壮年の男が一人。

誰より派手な衣装を着て、どのご夫人より派手な指輪をして、ジェラルよりキラキラしたオーラをふりまく――ただのおじさん。

「やあやあやあ、リノフリード!! やっと私の招待に応じてくれたね!!」

「………あ」

「嬉しい、これは嬉しい。私はねえ、リノよ。君はもっとこう、表に出てくるべき男だと思うよ～、ん～。グラシス家が大変だったのは分かるが、あれはもう過去のことだ。ん～、君はもっと堂々としていればいいのだよ」

いきなり色々なことを言われ、僕はぽかんとした。

この人こそ、まさにこの夜会を催したレッドバルト伯爵――オーギュスト・レッドバルトである。

ジェラル・レッドバルトの父にして、国王の信頼も厚く様々な分野で謎の影響力を持つ、変わり者の男。

派手好きで、華やかなことが大好きな、いつまでも若々しい人。この人あって、ジェラルありというのは、誰だって分かることである。

「やあやあ、〝ベルルロット〟!!　元気そうで何よりだ。相変わらず、君は美しく可愛いな～、ん～。なでなで」

レッドバルト伯爵は、なぜかベルルを知り合いのように扱い、彼女の頭をなでなでした。

ベルルは目を丸くして固まっている。

いったいどういうことか!!

「レ、レッドバルト伯爵……」

「おっと。君たちが良い夫婦になっていそうで安心したよ。いやはや、私が君たちを巡り合わせた愛のキューピッドであるならば、どうしたって夫婦円満になってしまうのだがな!!」

彼はそう言って、僕に意味深な視線を投げた。

これは、話を合わせろということだろうか。ということは、この人はベルルがいったいどういう身の上で、僕らがなぜ夫婦になったのか知っているのか。

いや、その可能性は限りなく高い。レッドバルト伯爵は、現国王とも交流の深い人だ。

「は、はあ。その節はどうもありがとうございました。おかげさまで、僕らはその……なかなか円満な夫婦生活を……」

「ははは、惚気《のろけ》かね君。ん～、結構!!」

レッドバルト伯爵は大声でそう言って、僕の肩をポンポンと叩いた。

伯爵との一連の会話を、周りの者たちも勿論聞いていた。一時会場はしんとしていたが、やがてザワザワとし始める。

「まさか、あのグラシス夫人は、レッドバルト家のご出自だというのか」

「いったい誰だ、平民の娘だなんてデマを流した愚か者は」

「それにしても、グラシス家なんて落ち目の家に、よくも嫁がせましたわね伯爵も。物好きと言うか……」

声を潜めて口々に言う噂の内容も、方向を変えてしまっていた。パトリスも、まさかの伯爵の登場に何とも言えない表情をしている。

まさに、レッドバルト伯爵にこそ成せる業《わざ》である。

彼はこの会場にあった僕らへの視線を、一気に別のものにしてしまったのである。

「ではリノ。私の夜会を存分に楽しんでいってくれ。……ベルル、お前さんもな」

「……は、伯爵……」

「リノよ、今夜はうちの別邸へ泊まっていくのであろう？　ん～、美味い酒でも飲みながら語ろうではないか」

彼はそう言うと、僕が戸惑いの表情をしているというのに何も聞かせることなく、優雅にマントを翻《ひるがえ》して行ってしまった。彼には挨拶をして回らないといけない相手が沢山居る。

「旦那様、あの人……」

「ベルル、しっ……」

僕は口に人差し指を添え、それ以上言ってはいけないと悟らせた。

ベルルは瞬きして、戸惑いがちにコクンと頷く。

「はああ、リノフリード。君、レッドバルト家出身のお嬢さんとの縁談があったのかい？　何てことだ……」

「あ、ああ。まあ、遠い親戚と言うか……そんなところだな」

僕は馴染みの者たちの言葉に、曖昧に返事をして、ベルルを見た。

ベルルもどこか小首を傾げ、僕を見上げている。

さて、色々と不思議な展開であることは確かだ。

◆◆◆

会場の中央では、多くの男女が手を取り合ってダンスを踊《おど》っている。

ダンスは貴族のたしなみである。僕もそれほど得意という訳ではないが、幼い頃から両親に習わされていた。

「ベルル、僕らも踊るかい？」

「う、うん……っ」

ベルルは緊張していたようだったが、コクンと頷いて、僕の差し出す手を取った。

ベルルのダンスは、それはもう面白いものだった。

歩幅が小さく、ちょこちょこした動きなので、基本的に僕に振り回されているという感じだ。

「あわ……あわわ……」

「いいぞベルル。落ち着けば出来るさ」

僕のリードで何となく形にはなっているが、ベルルはずっとパニック状態で、僕の足を何度も踏んだ。

やはり、ヒールは痛い。

「ごめんなさいっ、旦那様ぁっ」

ベルルは足を踏む度に、何度も何度も謝る。

周りではクスクス笑い声が聞こえる。でもそれは嫌な笑いと言うよりは〝微笑ましい〟という感じの笑いで、僕もつられて笑ってしまう。

先ほど伯爵が現れてから、周囲の視線が柔らかいものになった気がする。

「こんなに踏んじゃって……っ、旦那様の足に、穴でも開けちゃうんじゃないかしら……っ」

「このくらいどうってことない。踏みたいだけ踏むといい」

ベルルの細い腰を引きよせ、体を密着させて踊るというのは、やはりいつもとどこか違った雰囲気を作る。

いつもあんなにベルルがくっ付いてくるのに、何が違うと言うのだろう。

「ねえ、旦那様……っ」

ベルルが僕を見上げた時、少し気がつく。

何と言うか……顔が近いのだ。

「な、何だベルル」

「私、今度から、ちゃんとダンスをお勉強するわね。こんなへなちょこじゃあ、旦那様に恥をかかせてしまうわっ」

「ふふっ。別にそんなことは気にしない。僕は恥には慣れているし、ベルルのダンスも、これはこれで面白いと言うか……」

「……旦那様ったら、酷いわ！」

ベルルはぷくっと頬を膨らませ、「むー」と唸る。

いったい優雅なダンス中に、何て顔をするのだ。いや、可愛らしいのだけど。

ベルルのへなちょこステップはしばらく続いた。その間僕の足を何度となく踏んだが、やがてだんだんとテンポも掴めたようで、少しずつだが様《さま》になっていった。

「おお、いい感じじゃないか。実践あるのみだな」

「で、出来ているのかしら……」

ずっと足下を見ていた彼女が、ふいに顔を上げた。

その瞬間、とても強いユリの花の香りが、ふわりと舞い上がって来て驚いた。

ベルルはシャンデリアの輝きの下、いつも以上に細かなパールの光を纏っている。何て美しいんだろう。

思わず僕らは見つめ合った。とても顔が近くにあったから。

ローズ色の唇は、ほのかに黄色い光の下で、もっと明るい色に見え、とても潤《うるお》っている。

ああ、まただ。また妙な焦りにかられているぞ。

僕は頭を振って、ベルルの腰をいっそう引いた。するとベルルは僕の方に倒れ込み、この胸に顔を埋《うず》める。

「だ、旦那様……？」

「……さあ、そろそろ疲れただろう。少し休憩しようか」

そう言って、ダンスの区切りのいいところで、その輪から離れる。

ちょうど僕らを見ていたご夫人たちが口々に、

「奥様はダンスが苦手のようですわね」

「緊張なさっていたのかしら」

「若々しい夫婦ね」

と言っていたのが聞こえた。

僕もベルルはダンスが苦手という点においては、とてつもない納得の気持ちと共に、小さく頷くしかなかった。


「ベルル、喉が渇いたかい？」

「……少し」

「では、何かを貰おうか」

僕は側《そば》に居たボーイに向かって手を挙げる。すまし顔のボーイは、銀の盆に美しい、色とりどりのカクテルやワインなど、いくつかの飲み物を載せてやって来た。

「まあ、とても綺麗な飲み物ね!!」

「いや、しかし……ベルル、君はお酒は飲んだことがないだろう？」

「お酒……ないわねえ。炭酸水しか」

「……炭酸水とお酒は違うよ」

僕がボーイに「ノンアルコールのものはないのか」と聞くと、彼は「こちらはノンアルコールですよ」と、細長いシャンパングラスに注がれた飲み物を手で示した。

オレンジ色のそれを、きっとオレンジジュースか何かだろうと思った僕は、すぐ隣にあった赤紫色のワインとそれを受け取る。

「さあベルル、乾杯だ」

「うふふ、楽しいわね旦那様」

そしてオレンジ色の方をベルルに手渡す。

ベルルと僕はグラスをコツンとぶつけ合い、お互いグラスの端を口に添え、傾けた。

「……」

「……？」

あれ……僕の飲んだ方のドリンクは、何だか味がおかしいぞ。とてもワインの味がしない。

どう舌を転がしてみても、これは葡萄ジュースである。

僕だって高いお酒を飲み慣れていない訳じゃないぞ。でもこの葡萄ジュースみたいなのがとんでもないヴィンテージだとしたら、僕は夜会後にレッドバルト伯爵と飲む酒を、楽しめる自信がない。

「だ、旦那様～……何だかこれ、不思議な味がするわよ」

どうしたことかと彼女のグラスを受け取り、僅かに残っていたオレンジ色のドリンクを飲んでみる。

「……酒だ」

「……お酒？」

僕は、すぐに理解した。さっきのボーイが〝ノンアルコール〟と言って示していたのは、僕の持った方だったのだ。

上品に少し遠くから示されたから、僕はてっきりオレンジの方がジュースかと思ってしまった。これはちゃんと確認しなかった僕が悪い。

「べ、ベルルっ、大丈夫か……!?」

「何だか……何だか体が熱いわ……旦那様ぁ」

ベルルを見てみると、心なしか顔が火照《ほて》っていて、目が潤んでいる。どこか艶《なま》めかしく、思わず息を呑んだ。

少々口にしただけなのだが、初めて飲んだ酒は、彼女には刺激が強かったようだ。

「どうしたのお二人とも」

タイミングよく、オリヴィアがやってきてくれた。

オリヴィアはベルルのどこかポワーンとした表情を見て、目をパチパチさせる。

「あらあら、ベルルさんお酒を飲んでしまったのね」

僕は「ああ」とだけ答え、ただただベルルの様子を気にした。

「ベルル、頭が痛いとか、気分が悪いとかないか？」

「ん～……何だかポワポワしているわ。どうしたのかしら……私、熱でもあるのかしら……」

突然ベルルはくたっとして、僕の方に倒れ込んだ。

僕は彼女を支えつつ、オリヴィアに「どこか休める所はないか」と聞く。

「ホテルの一室を貸してもらいましょう。落ち着いたら、すぐに迎えの馬車を用意させるわ」

「い、いやそこまでしてもらうのは……」

「何言っているのよ。ここはうちの経営しているホテルよ？」

そうであった。

王都屈指のこの高級ホテルは、レッドバルト家が運営しているのである。

僕らはオリヴィアが案内する通りにサロンを出て、ホテルの一室へ向かった。オリヴィアもついてくると言ってくれたが、彼女はこのパーティーを主催する側である。他にも気にかけるべきことは沢山あるだろうからと丁重に断った。

ベルルは千鳥足《ちどりあし》で、「はわ～」と気の抜けた声を発している。

流石は高級ホテルの一室と言うべき、夜景を一望出来るとても良い部屋まで僕はベルルを抱えて行き、ベッドに寝かせた。

「水が欲しいだろう。少し待っていなさい」

僕がベルルから離れ、台所から水を持ってこようとしたが、ベルルがどうにも腕を放してくれない。

「や～……旦那様、行かないで……」

「べ、ベルル、すぐそこに水を取りにいくだけだぞ」

彼女は酒のせいなのか、いつもならすぐに頷くようなことに、イヤイヤと首を振っていた。

ベルルはおおよそ聞き分けがいい素直な性格なので、こんな風にワガママを言われるのも何だか新鮮で可愛いと思ってしまう。

「水、いらないのか？」

「ん～……旦那様の方がいい……」

潤んだ瞳、艶っぽい唇、火照った頬……酒とは実に罪深いものである。

ベルルは上半身だけ起き上がって、僕にぺったりと抱きつく。

「ベルル、やっぱり水を飲んで、少し寝てみよう。すっかり酔っぱらっているじゃないか」

「や～……旦那様と一緒がいい……」

「別に僕はどこにも……」

僕がいつものように彼女の背をポンポンと撫で、さあやっぱり水を取りにいこうとすると、不意にベルルが顔を上げた。

その瞬間、とある小さな衝撃に驚いたせいで、言葉が出せない。

なぜなら、一瞬ベルルの唇が、僕の唇に触れたからである——掠った程度、ではあったが。

「べ、ベルル……？」

僅かな沈黙の後、ベルルはそのまま僕の顔を抱きしめるようにクタッと倒れ込んだ。

「ベルル!!」

「ん～……旦那様……」

その言葉を最後に、ベルルは眠ってしまっていた。

きっとさっきのは不慮の事故のようなもので、彼女は何とも思っていない……と言うか、多分目が覚めたら忘れてしまっている程度の出来事なのだろう。

僕はゆっくりとベルルを離し、今度こそ彼女を横にして寝かせた。

ローズ色の口紅はほとんど乱れておらず、先ほどのことなんてまるでなかったかのようだ。

ジワジワと、嬉しいような、どこか情けないような、何とも複雑な思いが込み上げてくる。

すやすやと眠るベルルがいつもよりいっそう可愛く思えて、彼女の髪を撫で、頬に触れ……軽く指先で唇に触れた。

そしてスッと立ち上がって台所へ行き、やはり水をグラスに注ぐ——自分が飲む為に。

## 15 伯爵

そろそろ夜会が終わるという頃に迎えの馬車が来て、僕らは夜会に再び顔を出すことなくレッドバルト家の館に帰った。

ベルルは目を覚ましたり、再びうとうとしたりを何度か繰り返していたが、館に着くや否やまたクタッと眠ってしまった。

「グラシス様、奥様のお世話はわたくしにお任せください」

いつの間にやら僕らの前に居たレッドバルト家の侍女長カルメンが、借り物のドレスを着たまま寝てしまったベルルの世話を申し出てくれた。

「グラシス様は、どうぞコレクションルームへ。旦那様がお待ちでございますので」

「……伯爵はもう戻られたのか」

「ええ」

カルメンは意味深な微笑みのまま、頷いた。


僕はノックをしてから、「失礼します」と声をかけてコレクションルームに入る。

昼間僕らが座っていたソファーに伯爵はおらず、なぜかテーブルの上に矢印の書かれたカードが置かれている。

「……？」

その矢印の方向を見てみると、更に矢印の書かれた紙が。

矢印を辿ると、昼間には壁だったはずのところに扉ができていた。

「どういうことだ……？」

ここへ入ってこいということだろうか。それにしてもこんな手の込んだことまでして、伯爵は本当に物好きである。

恐る恐る扉を開けて、中に入ると、まず目に入ったのは大きな絵画だ。

「……」

知っている。

随分昔の、有名な画家が描いた絵だ。

東の最果てで世界が折り返すという、有名な神話にある文句を抽象的に描いたもの。

王立美術館にも似た絵が収められている。これは同じテーマで描かれた兄弟作品だろうか。

山のような壁を表わす、長い一直線の黒。

その背後から迫り来る濁《にご》った赤。

僕には絵のことなんてまるで分からないが、この絵からはジワジワと気味の悪さと妙な感動を覚える。やはり名画と言うだけあるのだろうか。

「来たかね、リノよ」

「……レッドバルト伯爵」

その絵画をよく眺めることが出来る場所に、飾り気のない黒いソファーが置いてあり、伯爵はそこに腰かけていた。

ソファーはどこか最先端らしさを感じさせるデザインで、いかにも伯爵らしい。

「とりあえず座りたまえ、リノ。色々と……聞きたそうな顔をしているじゃあないか」

「……ええ。それはそうです」

「良いワインがあってな。お前は酒は飲める方かね？」

「……普通ですね」

「何だその素っ気ない答えは。相変わらずだなあお前は……ん～、新妻の前ではあんなに楽しそうにしていたのに。ダンスなんか踊っちゃってまあ」

「そ、それは……っ」

僕はゴホンと咳払いをして、気まずい顔でスタスタと伯爵の向かい側のソファーに座った。

ガラスのテーブルの上には、グラスとワインが用意されている。

僕は少しだけ、さっきの葡萄ジュースのことを思い出していた。


「伯爵、単刀直入にお聞きします。ベルルの事情を、知っていらっしゃるんですね？」

伯爵はグラスをクルクルと回しながら「ん～」と唸る。

「知っている、と言えば知っている。〝旧魔王の娘〟ということはな」

「……やはり。国王に知らされたのですか？」

「ふふ。その前に、私が若い頃何をしていたのかを聞いてもらおうか。……私は昔、外交騎士だったのだよ。東の最果ての国にも一時期滞在していたことがある。勿論これは、国民には知らされていない極秘の任務ではあったがな」

伯爵の意外な告白に、僕は驚きの表情を隠せなかった。伯爵は続ける。

「ベルルロットの父である旧魔王にも、何度もお会いしたことがある。魔王の位に就いてしまえば歳は取らないものらしいが、旧魔王はとても若い頃に魔王になったものだから、その姿のまま百年もの間東の最果てのゲートを管理しておられた。……十二年前の魔王討伐の為の戦争が起こる前まで、ということだがな」

「魔王、ですか……ベルルの……父親の……」

僕はレッドバルト家の別荘に、やけに魔王やら魔獣やらの、既にほとんど手に入らなくなっている本が多くあったことを思い出した。伯爵は若い頃、外交騎士として魔界に最も近い最果ての国に滞在していたことから、あのような本を沢山集めていたのか。

「ふふん、だから私は、魔王や魔界に関する知識を多く持っていると言っていい。十二年前の魔王討伐には直接参加していないが、その後ベルルロットに関する情報は常に国王から聞いていた。今だって……私は君たちを見ているのだよ」

「伯爵……」

「君を彼女の花婿に推薦したのは、この私さ」

伯爵は、おそらくはとても重要であろうことをあっさり言ってのけ、グビッとワインを飲んだ。

僕は一瞬呆然としたが、グッと表情を引き締め、ずっと気になっていたことを聞いてみる。

「なぜ……なぜベルルはあのような地下牢に閉じ込められていたのです。そしてなぜ、今になって僕のような男と結婚させたのですか。これは、国王の意志なのですか？」

「……ん～、リノよ。良い表情をするではないか。グラシス家があのようなことになってからというもの、まるで死んだような、面白みのない表情ばかりだったお前が……」

「……それは……」

それは多分、ベルルのことを考えているからだ。

彼女が僕の側《そば》に居るようになって、彼女のことを思うようになって、僕は少しだけ前向きになった。物事を淡々と受け入れるのではなく、強く良い方へ考えるようになった。

「ベルルロットもそうだ。十二年前も可愛らしい幼い娘だったが、あのような仕打ちを受けたというのに……今でもなかなか良い子のようだった」

「実際にとても良い子ですよ、ベルルは」

伯爵に向けて、そこはきっぱりと、迷うことなく言い放つ。

レッドバルト伯爵はぶっと噴き出し、「失敬」と言った。

僕は視線を逸らしつつ、ワインをクルクル回してちまちまと飲む。

「なかなか、ベルルロットのことを気に入っているようだな。婚約者だったマリーナ・セレノームのことは、もう吹っ切れたのかね。ん〜……」

「ずっと昔に吹っ切れていますよ。何か文句でも？」

僕がどこか適当に、ぶっきらぼうに答えると、伯爵はニヤリと笑った。

「いいや、何も。お前にとっては皮肉なことだが、グラシス家の没落があり、マリーナがお前の元を去ったからこそ、ベルルロットはお前の元にやって来た。というのも、お前の立場はベルルロットの花婿として、とても都合がよかったのだよ」

彼は一口ワインを飲んで、ちらりと僕を見た後、続ける。

「以前に二人程花婿候補は居たが、やはりベルルロットや魔獣の魔力に当てられ、駄目であった。私は最初から、彼らでは駄目だと思っていたのだ。やはり彼女の花婿は、魔法に精通した魔術師でなければ。その二人というのは魔術師ではなかったのだよ」

「……それで、なぜ僕になったのかは分からないですが」

「ん～……こちらとしても、あまり一族の力が大きい者は好ましくないからだ。もれなく、一族内の不審な目というものがついてくるだろう？」

ここまで言えば何となく分かるだろう？　と言いたげな伯爵の視線。

「魔法に深く理解があり、魔力の中で生きてきた者となると、やはり魔術師の一族に生まれた者の方が多い。その中で、一族の力はほとんどなく、かつ本人は非常に優秀な魔術師であり、ベルルロットの魔力に当てられることもない人間となると、君ならば……という話になったのだよ」

僕は伯爵の真意がどこにあるのか、彼の言っていることは果たして本当なのか、読めない笑みの向こう側を探ろうとしていた。

しかし結局よく分からず、ただただ僕はワインを飲む。

伯爵も「ほらもっと飲め」と、どんどん注ごうとする。

「ベルルロットが旧魔王の娘であるということは、絶対に漏らしてはならない危険な事情だ。だから、彼女にはレッドバルト家の関係者という立場を用意した。秘蔵ッ子だってな？」

「秘蔵ッ子……ですか」

「この件に関しては、ジェラルもオリヴィアも了解している。ベルルロットは高貴な生まれだが少々訳ありで、素性を隠さねばならないから、となく流石に魔王の娘だとまでは言っていないが。今後も何かあったら二人に言うといい。きっと助けになるだろう」

僕は少し複雑な思いもあったが、それを言葉にすることができない。

「なぁに、事情を探ろうとする者が居れば、私に言いなさい。そんなもの、権力でちょちょいのちょいだ。頼もしかろう！」

「は、はあ……」

何だか、伯爵のペースで話が進んでいる。聞きたいことに答えてくれたようで、実は何一つ答えてもらっていないのではないか。僕はワインをグッと飲んだ後、改めて表情を引き締めた。

「伯爵、ベルルがなぜあのような地下牢に閉じ込められていたのか、まだお答えしていただいていませんが」

伯爵はワイングラスの中の、濃い葡萄色を見つめ、ニヤニヤとした。

「ところでリノよ。ベルルロットとはどこまで進展したのかね？」

「……は？」

「結婚してワンシーズン過ぎたというのに、まだ何の進展もしていないなんてこともないだろう？励んでおるかねっ!!」

僕は伯爵が聞いてきたことの意味を理解し、一気に顔が真っ赤になった。酒のせいというのもあるだろうが。

このおっさんめ、そんなことを聞いてまた話を逸らそうというのか。

この……おっさんめ!!

「なっ……何てことを聞いてくるんですか!! 訴えますよ!!」

「ん～ 初々しいの～。まさかまさか、ちゅーもまだとか言うんじゃないだろうね？」

伯爵のムカつくにやけ顔。いい歳して何がちゅーだ。

「はっ、伯爵……そういった夫婦の事情を聞くなんて、ややや野暮《やぼ》というものですよ！」

僕は一瞬ホテルの一室でのことを思い出して動転してしまい、とにかくワインを飲み続けるしかない始末。伯爵もグラスにどんどん注いでくるし。

「それにベルルはまだ子供です。まだ、あんなに幼い、子供なんです。彼女はこの世の中のこともほとんど知らない、真っ白で、無垢で、無邪気な子供なんです!!」

「……はあ～……君は理性が強いと言うか、我慢強いんだなあ」

「ええそれはもう、僕は我慢強さだけが取り柄《え》の男ですから!!」

僕は優雅さの欠片もなくワインを飲み干して、そのグラスをカンとテーブルの上に置いた。

伯爵は相変わらずマイペースで、僕の動転した様子を楽しそうに見ている。なんて奴だ。

「子供子供って、ベルルロットは確か十六歳だろう？ もう十分大人じゃないか。君は彼女に、そういった大人の女性の部分を感じないのかね」

　ふと、今日のベルルのドレス姿が浮かんで来た。

　いつもよりずっと大人っぽいローズ色の唇に、何度となく焦りのような感覚を覚えたのは言うまでもない。

「ま、確かにまだ若い夫婦に、これ以上年寄りが口出しをするのも格好悪いな。お前たちはお前たちのペースで、愛を育んでくれればいいさ。上手く行っているなら、リノ……お前を推薦した私も一安心だよ。困ったことがあれば、いつでも私を頼りなさい」

「……」

「そしてやはり、私はお前に、ベルルロットを幸せにして欲しいと願っている。あの子はこの十二年間の光と自由を奪われたのだから、これから、もっともっと幸せになるべきだ」

　僕は少し眉を寄せ、一度口をぎゅっと結んで、再び強く言った。

「そんなことは、十分承知しています」

　すると伯爵は、今までの胡散臭い表情とはうってかわって、「それなら結構」と、どこか寂し気に笑った。

　どうやら伯爵は、その言葉でこの場を締めたようだった。まだ沢山聞きたいことがあったのに、そうさせようとしない。

　結局根本的なことは何一つ聞けなかった気がする。上手くこの人にはぐらかされてしまった。

「あ、そうそう。妖精の密猟事件についてだったか？　あれはうちの息子と協力して何とかするといい。私は知らん」

「……え」

最後に僕がこのレッドバルト家にやってきた理由について触れてくれたが、伯爵は興味もなさそうに適当に流すだけだった。

結局僕はそれ以上の追及を許されず、そのままコレクションルームを後にした。

◆◆◆

駄目だ、酒を飲み過ぎたのだ。どうにもふらふらする。

そりゃあ、とても良いワインだったのだろう。

いかにもヴィンテージらしき奥深い味がして、凄く美味しかった。もっと味わいたかったものである。

でも伯爵が夫婦について野暮なことを聞いて僕を混乱させ、酒をどんどん飲ませたのは、多分わざとだ。

頭を押さえつつ客用寝室に戻ると、ベルルはベッドの上にぺたんと座り込んだまま、子犬のマルさんと小鹿のサンドリアさんをぎゅっと抱きしめていた。

「べ、ベルル……？」

「旦那様っ!!」

ベルルはわっとベッドから飛び降りると、二匹の魔獣を抱きかかえたまま僕に体当たり。その勢いには、酒でふらついている僕なんかすぐに倒れてしまう。

ちっさい魔獣も苦しそうにしているぞ。

「どうしたんだベルル」

「だって、だって目が覚めたら、知らない所で寝ていたんだものっ。旦那様も居ないし、真っ暗だし……っ」

「す、すまない。ちょっと伯爵に呼ばれていたのだ」

コロンコロンとベルルの腕から落ちた二匹の魔獣も、やっとベルルの抱き〝締め〟から解放され、安堵した様子だった。

「ベルル様ったら、旦那様が居ないからってピーピー泣いていたのよ。まるでサンドリアお姉様が、怒られてしょげている時みたいに」

「誰がいつ怒られてピーピー鳴いたんだよ!!」

愛らしい白い子犬が、悪気もない黒いつぶらな瞳でそう言うと、これまた愛らしい子鹿が、見た目に反した荒っぽい口調で反論する。

「でもそろそろ、私たちはお邪魔のようね」

マルさんは僕を見てそう判断し、まだ居座る気でいたサンドリアさんの尻に噛み付いて「さあ帰るわよお姉様」と促した。何だか肉食動物と草食動物の力関係を見た気がした。

さて、ベルル……ベルルは本当に泣いていたようで、頬に涙の伝った跡がある。

「ベルル……心細かったのか？」

「……うん」

ベルルはコクンと頷いて、僕の腰に顔を押しつけ、ぎゅっと服をにぎった。

寝ている間に部屋着に着替えさせられたようで、ドレス姿の時よりも、ずっといつものベルルらしい。

「旦那様、お酒の匂いがするわ」

「ああ……すまないな、さっき伯爵と少しな……」

そう言って、僕も彼女を抱きしめた。

酔ったせいか、もう少し彼女に触れていたかったのだ。

「……旦那様？」

「ベルル、僕はもう眠いよ。今日は色々と疲れたな……」

「あら、旦那様ったら。私はすっかり目が覚めてしまったのに」

「うーん……」

僕はふらふらと、ベッドに腰掛けた。

「旦那様、大丈夫？　どこか具合でも悪いの？」

「いいや、少し……酒を飲み過ぎたのだ」

「お家じゃ、あんまり飲まないのに」

「ちょっと乗せられてな」

「お、お水……お水を持ってくるわ!!」

さっき僕がやったのと同じことをしようとするベルルを、その手を取って引き戻す。

「きゃっ」

勢いあまって、ベルルはベッドの上にコロンと倒れ込んだ。僕もその隣に寝転がる。

「もう寝よう……ベルル」

「旦那様、眠たいの？」

「ああ、凄くな」

「だったらお布団の中に入った方がいいわよ。風邪をひいちゃうわ」

ベルルはいそいそと起き上がって、僕の下から掛け布団を引きずり出し、僕の上に掛けてくれた。

「ほら旦那様、足をベッドの上に上げてちょうだい」

「うー……うん」

言われるがまま、靴を適当に脱いで足を上げる。

まだ寝巻きにも着替えていないし、借り物の服だし、ちゃんと脱がないとな……しかし、眠くて仕方がない。

「旦那様、上着は脱がなくては駄目よ」

「うーん……」

ベルルがせっせと、僕の上着のボタンを外し、上着を脱ぐのを手伝ってくれた。硬い上着がなくなっただけで随分と楽になる。

「さあ、旦那様、これで眠れるわよ」

上着をハンガーに掛けたベルルも、うきうきとベッドの中に入って来た。

「ふふ、温かいわ」

「……うーん……ベルル……」

僕はいつも以上に彼女が恋しくて、ベルルを引き寄せ抱きしめた。

「まあ、旦那様ったら……まるでいつもの私みたいね」

ベルルはそう言いつつも、どこか嬉しそうに「ふふっ」と声を上げて笑う。そのまま僕の胸に顔を埋《うず》め、身を丸くした。

「おやすみなさい、旦那様」

「………ああ、おやすみ」

ベルルは柔らかくて温かい。彼女を抱きしめると不思議と落ち着く。

今まで、抱きしめ合っていて安心するのはベルルの方だと思っていた。ベルルは、僕と居るとホッとすると言っていたから。

でも、僕にとってもそうなっていたようだ。

◆◆◆

「う〜ん」

レッドバルト家での朝。清々《すがすが》しい、秋の終わりの冷たい空気。

この三連休は目まぐるしいことばかりだった。三日目の今日だって、何が起こるか分からないというものだ。

「……っ」

一瞬頭がずきっとしたが、大したことはない。

ベルルが僕の腕の中ですやすやと眠っていて、一瞬ギョッとする。本当に抱きしめたまま眠ってしまっていたようだ。

酒は飲んでも飲まれるなと言うが、こんな状態でも、酔った勢いで妙な気を起こさなかった自分を褒めたい。

僕はゆっくり起き上がって、ベルルに優しく布団を掛ける。

借りた服のまま眠ってしまっていたので、急いで自分の服に着替え、洗面所で顔を洗って水を飲んだ。

それだけで、色々とすっきりするものだ。しかし出来ることなら湯浴みをしたいものである。

「……旦那様ぁ……」

ベルルが目を擦りながら、洗面所にやってきた。

「ああ、もう起きたのか」

「……うん」

ベルルは寝起きで頬がほんのり赤く、髪も乱れている。

前に垂れ下がっていた長い髪を耳にかけてやり、僕はベルルにも水を飲むように言った。

「君は、酒のせいで頭が痛かったり、まだ気分が悪かったり、そんなことはないか？　二日酔いとか……」

「……んーん、特に何もないわ」

ベルルはコクコクと水を飲んだ後、そう答えた。

ここの侍女長のカルメンが、よく面倒を見てくれたのだろうか。服も寝巻きになっていたしな。

「旦那様、今日はどうなさるの？」

「……ああ、とにかく、ジェラルと妖精の密猟の件について、もっと話し合わなければな。あいつ、昨日夜会の後に～とか言っておきながら、結局伯爵との密談しか出来なかったじゃないか。何が何でも、夜会に僕らを出したかったんだな」

「……？」

「あ、いや。こっちの話だよ」

ベルルは頷いた後、困った顔をして腹を押さえた。

「お腹が空いたわ」

「ああ、それはそうだな。昨晩は結局、ほとんど何も食べられなかったしな」

僕も大概腹が減っていたので、何かないものかと台所を漁ってみる。

しかしその時、ちょうど部屋をコンコンと叩く音が聞こえた。

部屋の扉を開くと、侍女長のカルメンが優雅に佇んでいて、ニコリと微笑む。

「グラシス様、朝食の用意がございますが、如何致しましょう。湯浴みの用意もありますが」

「……そ、そうだな。困った選択だ」

「朝食は、お部屋にお持ちいたしましょうか？　若奥様が、そちらの方が気楽でよいのではとおっしゃっていましたが」

「あ、ああ。それで頼む。朝食をいただいた後に、湯を借りたい」

「かしこまりました」

オリヴィアめ、流石に気の利く奴だ。

身なりも乱れているから、風呂に入った後でないとレッドバルト家の面々の前に出て行くことは出来ない。かといって、朝食を後にする程この空腹は生やさしいものでもなかったから、部屋で二人だけの朝食というのはありがたい。

用意された朝食は、ラディッシュのサラダ、焼きたてのクロワッサン、海老のあっさりとしたスープとプレーンオムレツ、香草焼きの肉、サーモンやハムなどの載った冷菜、フルーツなど、こんなに食べきれるのかと言いたくなる程豪華なものだった。高級な、メロンのジュースもあって、非常にレベルが高い朝食である。

「わあああ、美味しそうね旦那様!!」

ベルルが顔を輝かせている。

僕らはテーブルに並べられた朝食を前にしてあからさまにグーグー腹を鳴らし、待ちきれないとばかりに勢いよくそれらをいただく。

食べきれないのではと思っていたが、あまりに美味しくて、僕らはあっという間に食べてしまった。

「はあ～……美味しかったわね。サフラナの料理も大好きだけど、また違った美味しさがあるわね」

「そうだな。高級感があるな」

別にサフラナの料理が庶民的なのではなく、レッドバルト家の朝食に特別おもてなし感があったという話だ。

どちらも美味しいが、たまにはこんな贅沢な朝食もありがたい。

「ベルル、君は本当に沢山食べられるようになったな。うちへ来た時は……ほんの少ししか食べられなかったじゃないか」

「ええ。何であれっぽっちしか食べられなかったのか、今じゃあとても不思議なのよ？　きっと、沢山動いて、沢山お話しして、沢山楽しいことがあるからね。お腹が空いちゃうんだわ」

ベルルはふいに、クスクスと小さく笑う。

「でも今思うと、地下牢での私って、本当に酷い姿をしていたのね。今は少しふっくらしてきたし、旦那様に沢山お洋服を買ってもらったから、お洒落にして居られるけれど、思い出しただけで恥ずかしくなるわ」

「ははは、ははは」

僕は大きく笑った。

「あの頃の君と来たら、自分の格好に何の疑問も持っていなかったのにな。今では流行が気になったりするのか？」

「……流行は、それほど気にならないわ。だって、町の女の子たちとおんなじような色の服を着たり、髪型をしていたって、何だかつまらないもの。旦那様に気がついてもらえないわ」

僕は自分が質問したくせに、彼女の答えに少し照れてしまった。

「でも昨日着させてもらったドレスは素敵だったわね。あれこそきっと、最新流行のドレスなのでしょうね。一度着てみる分には、とても気分のいいものよ」

滅多にない贅沢な時間程、特別に感じるものはない。

しかしそれが毎日であれば、このような感動も薄れてしまうのだ。ベルルはそれを分かっているようで、ニコリと笑ってこう言う。

「だけど、やっぱり私にとって一番素敵なのは、グラシスの館での、変わらない毎日よ。特別贅沢じゃなくていいの。グラシス家での生活だって、私にとっては十分贅沢で、とても心地よく幸せなんだもの」

心地よく幸せ。

自分の身の丈に合った、許された幸福。

僕は、ベルルにとってちょうどいい幸せを与えることが出来ているだろうか。

そして、だからこそ、あえて。

彼女は今のままで十分と言うが、僕は頑張って、彼女にもっと沢山、楽しい思いをさせてあげたい。

もっともっと、幸せになって欲しい。

昨晩、伯爵に聞いたことを思い出しながら、僕は一人勝手に頷いた。

## 16　朝風呂

ちょうど朝食を終え、紅茶を飲みながら一息ついていた時、レッドバルト家の侍女長カルメンが再び部屋にやってきてこう言った。

「グラシス様、湯浴みの用意が出来ております。ご夫婦で堪能していただけるゆったりとした浴場でございますよ」

さあ、どうしようか。

ご夫婦で堪能？

僕はベルルをちらりと見ると、彼女は「お風呂よ!!」と両手を上げて喜んでいる。

「旦那様、お風呂よっ!!」

「あ、ああ……」

「やっと一緒に入れるのよね？」

ベルルは僕の腕を取り、見上げながらそう言った。カルメンが「やっと？」と不思議そうにしていたので、つい僕は「さあさっそく〝一緒に〟湯をいただこう!!」と声を大きくしてしまった。

リーズオリア王国は、周辺国家の中で最も湯浴みが好きな国家である。

貴族なら家に浴場を持ち、町に行けば国営や町営の大衆浴場がある。大衆浴場は一般人でも気軽に入れる有料の浴場だ。

しかし大衆浴場は普通男女で分かれていて、混浴の浴場などほとんどない。

その為夫婦での湯浴みは、金持ちや貴族など自宅に浴場や風呂を持っている者がする、贅沢で特別な洒落たことなっている。

夫婦で湯浴みをすることは夫婦円満の秘訣であり、証であると、以前どこぞの影響力のある貴族が言っていた気がする。


レッドバルト家の客用の浴場は、とにかくゴージャスで贅沢な造りであった。

白い大理石を滑らかに磨き上げたタイルと、丸みのある浴槽。細かい彫刻の施された柱が四隅にあり、天井には天使たちのモザイク画を見ることが出来る、我が家のものよりよっぽど凝《こ》った造りの浴場だ。いかにも夫婦の為のような、ロマンチックで明るい空間に僕は絶句した。

「わああ、凄いわねえ。真っ白でつやつやしているわねえ」

「べ、ベルル。先に君が入ってくれ」

「……？　どうして……？」

ベルルはきょとんとしている。しかし、「あっ」と何かを悟ったように手をポンと叩く。

「なるほど、夫婦での入浴は、先に奥さんから入るのね!!」

そんな決まりはないが、ベルルは一人勝手に納得し、ドレスを脱ぎ始めた。

「旦那様、後ろのホックを外してちょうだいっ」

「え……？　あ、ああ……」

僕はベルルに言われるがままに、ドレスの背中のホックを外し、チャックを下ろしていく。しかし露《あら》わになってくる白い素肌を見るだけで、平常心では居られない。

ぱさりと音を立てて落ちるドレス。絹の薄いインナーワンピース姿になったベルルの、体のラインがはっきりと分かる。

「コルセットを外すのがとても面倒なのよ？」

ベルルに恥じらう様子はない。

普通の女性なら、いくら夫婦とはいえ初めて共に入浴するとなると恥ずかしがるところだが、彼女にはそういった感覚がないようだ。

きっと、裸を見られるのが恥ずかしいことだという認識がないのだろう。ただただコルセットを外すことに一生懸命になっている。

「べ、ベルル。こういった、他人と共に風呂に入る場合は、浴槽に入っている時以外はタオルで体を隠すのが、この国では常識になっている。忘れてはいけないよ」

「……そうなの？」

ベルルは長い髪を緩く後ろでまとめつつ、コクンと頷いた。

インナーワンピース姿で腕を上げたポーズは、なかなか素晴らしい。いや実にツボである。

いよいよインナーワンピースを脱ぐという時に、僕は彼女とは反対側を向いて自分の上着をゆっくりと脱ぎ始めた。

シュルリと絹の衣服が流れ落ちる音が聞こえ、

「旦那様、先に入っているわよ？」

と言うベルルの声が聞こえた。どうやらベルルは衣服を脱いでしまったようだ。

「……ふう」

ベルルが脱衣所から浴場に入ってしまって、どこか安心してしまった僕。

しかし何も安心する要素なんかない。今からが正念場じゃないか。


僕もいよいよ衣服を脱いでしまうと、腰にタオルを巻いたまま、恐る恐る浴場に踏み入る。

「あ、旦那様!!」

ベルルは浴槽に入って、体を隠していたタオルを頭に載せていた。僕が入って来たのを見て、立ち上がろうとする。

「た、立たんでよろしい。立たんでよろしい!!」

僕は顔を背《そむ》けつつそう言うと、彼女はまたゆっくり湯船に浸かった。

湯船のお湯はクリーミーなオレンジ色で、爽やかな匂いがする。

それにしても浸かった部分が見えづらいのはありがたい。

僕は軽く体と髪を洗って、湯船に浸かった。

ベルルは長い髪を後ろで結っていて、細い白い肩がいっそうよく見える。

「ふふ、旦那様っ。私たちやっと、一緒にお風呂に入ったのね。やっとそういう時期になったのね!!」

「……あ、ああ」

ベルルがいつものくせで、僕の腕を取って体を寄せてくる。

この時僕は、衣服の偉大さを思い知った。いつもよくする仕草なのに、それがないだけで、素肌の柔らかい感触は〝確かな〟感触へと変わる。

でもきっと僕は無表情を貫いているのだろう。内心どんなに荒れ狂っているとしても。

「ふふ、旦那様……私、湯浴みって大好き。体が温かくなるし、すべすべになるでしょう？　何より綺麗になるのって素敵ね」

「……そうだな」

彼女は頭を僕の肩にコテンと乗せ、そう言った。

だんだんとこの体勢にも慣れてきた。さっきまで真正面だけを見ていた僕は、躊躇《ためら》いがちにチラリと彼女を見下ろした。

湯から出ている彼女の鎖骨辺りに付いた水の雫が、不規則に流れて湯船の湯に消えていく。

白くきめ細かいベルルの肌から目を逸らすのは容易でない。不思議な魔力を持っているかのように魅惑的だ。

僕は湯船のお湯で何度か顔を洗って、平静を保とうとした。

「だ、大理石の浴場なんて、レッドバルト家はやはり凄いな。ほらベルル、上を見てみろ。絵が描かれているぞ」

「まあ、本当。とても優雅ね」

「四隅の柱なんてまるでラルカノン神殿のようだ!!」

「……？」

ラルカノン神殿というのは、リーズオリア王国の北の丘の上にある神殿のことだが、まあベルルはよく分かっていないようだ。

僕は自分自身に「落ち着け」と心の中で言い聞かせ、再び顔を洗った。

「旦那様って男の人にしては、肌の色が白いわよね」

「え……？　あ、ああ……うちの家系はみんなそうだ。基本的にインドア派の研究者だし、髪は濃い茶色だ」

「瞳は緑色ね。素敵だわ」

「……これは母親譲りだ。母はもっと鮮やかなオリーブ色をしていた。僕のは少し灰色がかっているからな」

「私は旦那様の色が好きよ」

ベルルは僕の瞳をまっすぐに見つめていた。ただ瞳の色を見ているだけなのだろうが、こちらとしてはベルルの鮮やかな青い瞳に見つめられると気恥ずかしく、何度か咳払いしてしまう。

「しかし僕の肌の色なんて標準に近いものだ。君の方が断然白いよ」

「それはそうよ。私は旦那様よりよほど外に出ていなかったのよ。何たって地下牢の中に居たんだもの。太陽の光すら浴びていなかったのよ」

「……そうだな」

パシャン……

お湯の波打つ音。ベルルが片方の手を湯から出したのだ。

細く白い腕に、小さな手。

薄いピンクの爪。

細い指先から腕に湯の雫が伝っていく様《さま》は、何と言うか、不思議な美しさがある。

「ねえ旦那様、手を出して」

ベルルにそう言われて、僕は右手を湯から出す。

彼女は僕の手をマジマジと見てから、自分の手を重ねた。

「旦那様の手は大きいわね」

「……まあ、君が小さすぎるというのもあるが。それにしても君は指が細いな……ちょっとぶつけただけですぐ折れてしまいそうだ」

僕が笑ってそう言うと、ベルルは「まあ」と唇を尖らして、自分の手を丸めて拳にした。

僕はその上から彼女の拳を握る。

「ほら、君の拳なんてこんなに小さい」

「ふふっ、本当ねえ」

ベルルはその拳を僕に握られたままパシャパシャと湯にぶつけては、その音を楽しんでいた。

そういった様子を見ると、やはりまだまだ無邪気な子供だと思わされる。だがふと彼女の伏せられた瞳の長い睫毛《まつげ》や、淡く赤く乱れのない唇を見ると、胸にグサリと、理性と欲望のせめぎ合い的大合戦の流れ矢が刺さったりするのだ。

◆◆◆

「あら……？」

ふと、僕の左肩を見た彼女が、何かに気がついた。

「旦那様、左の肩にそんな傷があったの？」

「……ああ、これか。学生時代に少しな」

「深い傷だったのね。いまでもそんなに跡が残っているんですもの」

ベルルは前のめりになって、僕の傷に触れた。

あんまり顔が近いので、僕は無意識に顔を逸らしてしまう。

「いったいどうして傷を負ったの？」

「魔法学校の班員たちと西の山奥にある洞窟へ行って、そこにしかない苔を探していた時、運悪く山賊と出くわしてな。僕はちょっとヘマをして、肩をばっさり斬られたんだ」

「……そんなことがあったの⁉」

ベルルは驚きを隠せないとばかりに、口をあんぐりとしていた。

ただ実際は、この国の国境辺りの山に居た彼らのテリトリーに若気の至りでわざと侵入していたのだった。

しかしまあ、これはまた別の話である。

「まだ痛い……？」

「まさか。もうちっとも痛くないよ。跡が残っているだけで」

「……」

「そう言えば、君の方はどうなんだ。足にはめられていた鎖の金具の跡は、まだ痛いかい？」

「……」

僕の傷跡をじっと見ていたベルルは、不意に自分の足首のことについて触れられ、少し表情を硬くした。

「……少しね。本当に、たまに。……あ、でももう全然平気なの。前程ではないの。でも時々、ズキンって痛むことがあるだけ」

確かに彼女の足首の痣《あざ》は、半端ではなかった。

ここ最近は着丈の長いドレスやネグリジェの姿しか見ていなかったので、彼女の足首の様子を確かめることがなかった。

「風呂上がりに見せてくれないか。君は大丈夫だと言うが、治りが遅いようだったら医者へ行った方がいいかもしれない。僕の薬は、痛み止めくらいしかないからな……」

「……でも、あんまり見映えの良いものではないわ。旦那様にあんな足を見せるなんて、恥ずかしい……」

「ほお。君にも恥ずかしいという気持ちがあったのか」

「……あるわよ。だってね、グラシスの館にあった童話の中に、王子様がお姫様に砂糖の靴を履かせてあげるシーンがあるのだけど、お姫様の足は白い陶器のように美しいんですって。私だったらきっと王子様を驚かせてしまって、砂糖の靴は床に落ちて粉々になってしまうでしょうね……」

「そう言えば、そんな童話があったな」

砂糖の国のお姫様と王子様の童話。

この国には昔から伝えられてきた多くの童話がある。

僕の母はそういった童話や言い伝えから、魔術的な部分を調べる魔術師でもあった。その為、グラシス家には多くの童話や伝承の本がある。

ベルルにとって難しい文章の本を読むのはまだ大変らしいが、童話の本は好んで読んでいるようだった。

彼女はタオルで体の前を隠しつつ、浴槽の端の大理石の平たい部分に座った。

あまりに突然のことで、僕は顔を背《そむ》けることが出来なかった。彼女の大人になりきっていない細い体に張り付くタオルが、何と言うか逆に……

「ねえ旦那様、私の足首、まだ少し青いでしょう？」

チャプン……と湯から足を出し、どこか不安そうな表情のベルル。

僕は彼女の小さな足を手に取って、その足首に触れた。確かにまだうっすらと青い痣があって、ここに鎖の金具がはめられていたことを今でもイメージ出来る。

お世辞にも、鎖をつけられたことなどない世の中のお嬢様方のような、白い陶器のような滑らかな足首、という訳にはいかない。

僕は自分の手で足首を包むようにして、親指の腹で少し押さえた。

するとベルルはビクッと体を震わせ、眉を寄せて肩を上げる。やはり、まだ少し痛いのだ。

「す、すまないベルル。しかしまだ痛むようだから、病院に行った方がいいかもしれないな」

「これでも随分良くなったのだから、もう少ししたら、きっと治っちゃうと思うけれど……」

「いいや、女の子なんだから、跡が残るのは嫌だろう？　僕は別に、気にしたりしないが……」

そうとも。傷跡なんて、彼女の愛らしさの前では大した問題でない。

「そう？　でも旦那様だって、童話の中のお姫様のような、白くて滑らかな足の方がいいでしょう？

足首に痣《あざ》のある女の子なんて、気味が悪いでしょう？」

「そんなことはない。むしろ……君の鎖を外し、君をあの場所から連れ出したのは僕なんだって、
今でも思い出すよ」

「……旦那様」

あの鎖を外したことが、全ての始まりである。

ベルルの全てが、僕のものとなったあの日。

最初は命令に従って彼女を娶《めと》っただけで、本当に淡々とした気持ちから始まった。

今じゃ、たかが湯浴みでこんなに心を乱しているのに、おかしな話だ。

「旦那様っ、旦那様……っ」

ベルルはなぜか泣いてしまった。

僕は慌てて、体が冷えてはいけないからすぐに湯船に入るように言う。

「い、いったいどうしたんだ。すまない、僕が押さえたのが痛かったのだろう……」

「ち……違うの……っ。旦那様……っ!!」

彼女はワッと両手を広げ、僕の首に手を回して抱きついた。布一枚の隔たりもなく、ただ直に伝

わってくる肌の温もりだけがどうしようもなく刺激的であったが、僕はそのまま、いつものように彼女の背を撫でた。

「だ、駄目だよベルル。裸の時は……もう少し慎みと恥じらいを持たないと」

「だって、だって……っ。旦那様、私、旦那様に触れていたいの。なぜかは分からないけれど……」

「……」

「私の足首の鎖を外してくれたのが、旦那様で本当によかった……本当に、嬉しいわ」

僕は長く息を吐いた。

ベルルには世間一般の常識も少ない。十六歳とはいえ、英才教育を受けた貴族の同じ年頃の娘と比べれば、ずっとずっと幼く思える。見た目の問題ではなく、無知で無垢で、無邪気で無防備な、個性的な〝無〟のせいで。

だからこそ、ゆっくりでもいいから彼女がもっと精神的に成長し、世間一般の常識や感覚を養うまで、それは待とうと思っていた。

だけどやはり僕らは夫婦なのだ。

日々夫婦として積み上がってしまう愛情を、無視することは出来ない。

「……ベルル」

僕は彼女の肩を一度抱きしめ、ゆっくり引き離し、彼女の瞳を見た。

黒髪が額と頬にくっ付いている。濡れた小さな唇は、みずみずしい鮮やかなプラムのようである。

「ベルル……僕と夫婦になって、よかったと思ってくれるのかい？」

「……当然よ。私、たまに夢を見るの。あの地下牢の夢よ。旦那様ではない別の人に、連れて行かれそうになるの。私、それがとても嫌で、逃げようとするのだけど、鎖のせいで逃げられないのよ。途中で絶対、前に進めなくなって、ずるずる引き戻されちゃうの……っ」

ベルルにとって、一番恐ろしいことは何なんだろう。僕はそれらを一つ一つ取り除いて、彼女を安心させることが出来るだろうか。

「ベルル……前に僕は、夫婦にも色々な時期があると言ったね」

「ええ」

「だったら……僕らも夫婦として、一つ前に進んでみないかい？」

「……そういう時期なの？」

「そうだな。僕は、そうだと思うんだ」

本来、夫婦にはそのような時期などない。

ただ、僕らにはあったというだけの話だ。夫婦も色々あるのだから。

「ベルル……目をつむってごらん」

「……うん」

ベルルは言われるがまま、目をつむった。

無防備な様子で、何の疑いもなく僕を信じきっている少女。

それが、僕の花嫁である。

「……ん」

僕はそっと、ベルルの唇に自分の唇を重ねた。

水を弾いた赤く小さな唇は、風呂の熱気のせいか熱く、潤っていた。

そしてゆっくりと離す。

ほんの数秒のことであるが、ベルルはとても驚いた様子で目をパチパチとさせた。

今まで、スキンシップ程度のキスを頬や額にしていたこともあったが、唇と唇は初めてだ。果たして彼女は、これがいったいどういうものか分かっているのだろうか。

「旦那様……」

ベルルは自分の指で自分の唇に触れ、そして僕を見上げた。

「ああ、キスだよ。大切な人にする行為だ。特に唇へのキスは、夫婦と言うか……本来恋人同士でする、愛の……証のような……愛しいと……可愛いと思った時にする……行為と言うか……」

ベルルはやはり何も知らない様子だったので、分かりやすく説明しようとして、自分が恥ずかしくなってくるという始末。

しかし僕がだんだんと言葉を吃《ども》らせ、照れてしまうと、ベルルもだんだんと恥ずかしくなってきたのか、口元で手を丸く握ってボッと顔を赤くしていた。身を小さくして、伏し目がちで……やはり照れている。

ベルルが恥ずかしそうに、視線を逸らしている。

なんと珍しく可愛い様子だろうか!!

僕もだんだんと先ほどの口付けの熱を思い出し——とたんに猛烈な目眩《めまい》に襲われ、頭に載せていたタオルを腰に巻いてふらふらと浴槽から出る。

そして何を血迷ったのか側《そば》の蛇口から冷水を出して頭からかぶり、「僕はもう出るよ」と言ってそそくさと浴場から出てしまった。

しかしベルルも「旦那様待って!!」と浴槽から転がるように出て、僕と同じように冷水をかぶってしまった。

「わあああああ、君はそんなことしなくてよろしい!!」

僕は急いで置いてあった大きなバスタオルを広げ、彼女を頭からすっぽり包む。

ガタガタ震える彼女をバスタオルごと包んで抱えた。

「ベルル、何てことを」

「……だって、だって私も、熱かったんだもの」

いまだにどこか火照《ほて》った頬をして、瞳を逸らしがちなベルル。

たまに僕の方をちらりと見ては、また恥ずかしそうに口元に手を当て、身を小さくする。

その後僕らはお互い反対を向いて着替え、お互いの髪を乾かし合った。

レッドバルト家にはやはり、高価な魔法結晶内蔵のドライヤーがあり、暖かい風がベルルの長い髪でも容易に乾かした。

それでも彼女の瞳と、唇の潤いが消えてしまうことはなかった。

ああ、この娘が僕の妻なのだ。

僕は、そんな当然の事実を噛み締めながら、今朝上《のぼ》った夫婦としての段階の、小さな一段を、心から嬉しく思った。

ある日俺は、胡散臭い魔法使いの爺さんによって異世界へと召喚されてしまった。何だかよくわからないまま自分の魔力を調べてみると…… MP800万1000?これってこの世界で最強なんじゃね?HPはたったの10だけど…… とりあえず魔法の練習も兼ねて、俺は全ての元凶である爺さんを蘇生させてみた——カエルの姿で、だけどね!
魔力はあっても戦いたくはありません、というわけで、俺は生き返らせた蛙の魔法使いカワズさんと共に人目を避けて森の奥地へと旅に出た。ところが行く先々で、妖精やら竜やらになぜか敵対視されてしまって……ちょ、仲良くやろうぜ?

定価:本体1200円+税 ISBN:978-4-434-17697-5

illustration:笠

**かっぱ同盟（かっぱどうめい）**
福岡からやってきたかっぱ好き。2013年1月にWeb上で「僕の嫁の、物騒な嫁入り事情と大魔獣」を発表。たちまち人気を博し、同作で出版デビューを果たす。

**イラスト：白井鋭利**
http://shiraei.blog.fc2.com/

本書は、「小説家になろう」（http://syosetu.com/）に掲載されていたものを、改稿のうえ書籍化したものです。

僕《ぼく》の嫁《よめ》の、物騒《ぶっそう》な嫁入《よめい》り事情《じじょう》と大魔獣《だいまじゅう》

かっぱ同盟

2013年 6月 4日初版発行

編集－宮坂剛・太田鉄平
編集長－塙綾子
発行者－梶本雄介
発行所－株式会社アルファポリス
〒150-0013東京都渋谷区恵比寿4-6-1恵比寿ＭＦビル7F
TEL 03-6277-1601（営業）03-6277-1602（編集）
URL http://www.alphapolis.co.jp/
発売元－株式会社星雲社
〒112-0012東京都文京区大塚3-21-10
TEL 03-3947-1021
装丁・本文イラスト－白井鋭利
装丁デザイン－ansyyqdesign
印刷－大日本印刷株式会社

価格はカバーに表示されてあります。
落丁乱丁の場合はアルファポリスまでご連絡ください。
送料は小社負担でお取り替えします。

ISBN978-4-434-17961-7 C0093